나도 모르는 누군가를 위해

유니아
JUNIAS

나도 모르는 누군가를 위해

유니아
JUNIAS

ⓒ 한신애, 2022

초판 1쇄 발행 2022년 12월 27일

지은이   한신애
펴낸이   이기봉
편집   좋은땅 편집팀
펴낸곳   도서출판 좋은땅
주소   서울특별시 마포구 양화로12길 26 지월드빌딩 (서교동 395-7)
전화   02)374-8616~7
팩스   02)374-8614
이메일   gworldbook@naver.com
홈페이지   www.g-world.co.kr

ISBN   979-11-388-1516-1 (03810)

나 도 모 르 는 누 군 가 를 위 해

유니아
JUNIAS

한신애 지음

좋은땅

작가 소개

대학교 졸업 후 무용을 사랑하는 이유로 십삼 년 넘게 꾸준히 노력했다. 사랑하는 무용을 하고 있음에 이미 충족되고 만족해야 하는데 나는 채워지지 않는 허기가 있었다. 어쩌면 채워진 감정 이상의 무언가를 기대하고 있었나 보다.

어느 날 깊이 깨달았다.

머리가 아닌 심장으로 관통했기에 온몸에 전율이 느껴졌다.

내가 원하는 것은 사랑과 평화임에 확신이 들었다.

무용 작품을 창작할 때에도 다뤘던 주제이다. 하지만 나는 더욱 깊은 소통과 주체적인 방법을 원했다. 그 답은 책이었고 새롭게 도전을 할 수 있는 계기가 되었다.

본질을 향하다 보니 작위적인 환경과 행동으로부터 탈피할 수 있었다.

나의 소신에 대해 긴밀하게 관찰하고 이를 차근차근 꺼내기 시작했다. 책을 준비하면서 나의 치부를 드러내고 인정하는 데 큰 결심이 필요했다.
어디까지 솔직할 수 있는지 스스로를 바라봤고 스승님의 철학을 본받아 진정성을 찾아갈 수 있는 내면의 힘을 경험할 수 있었다.

나는 좋은 글을 쓰고 싶은 꿈이 있다.
환경과 상황을 탓하지 않고 온전히 내 심장이 뛰는 곳으로 향하고 있다. 걷다 보면 내 꿈 가까이에 도달할 수 있지 않을까 싶은 또 하나의 꿈을 덧붙여 본다.

책 소개

나는 춤을 춘다.

정확히 언제부터인지 설명할 수 없는 지점에서 내가 어디로 향하는지 길을 잃었다.

맹목적인 삶에 이끌려 갔던 시간이었다. 그때 용기를 내어 자의적으로 모든 것을 멈춰 보기로 했다.

나를 아끼는 사람들은 나에게 강의와 소속을 유지하라고 조언했다. 배경은 명함을 내밀지 않아도 나를 증명해 주기 때문에 그 속에서 취하는 안정감과 소속감은 꽤 큰 힘을 가졌다.

누군가는 내가 결혼을 했기 때문에 힘든 길을 피한다고 했다. '나'라는 사람이 과연 좋아하는 무용을 단순히 환경 때문에 잠시 멈출 수 있을까?

결론은 무용을 대하는 내 감정의 문제가 아니었다.

나는 여전히 춤을 춘다.

보다 자유롭게….

일로 주어진 상황 속에서의 만남도 소중하지만 일방통행이
아닌 협력하는 관계를 맺어 보고 싶다.

그곳이 큰 사회는 아니더라도 비록 인지도가 낮고 미약한
힘을 가진 환경일지라도 나의 소신을 지키고 싶다.

(본문 중에서)

또 다른 사람들은 나의 결정에 응원과 박수를 보냈다. 무용
작품을 창작하거나 출연할 때 무대 위에서 느꼈던 감정들이
스쳤다. 신기하게도 그때의 감동이 글을 쓰는 내내 나와 함께
했다. 이 책을 준비하면서 하루하루 많은 위로와 치유의 시간
을 가질 수 있었다. 참 감사한 일이다. 손에 쥐고 있던 것을 내
려놓는 과감함이 진정한 행복 앞에 어떠한 두려움조차 범접할
수 없게 만든 것 같다.

내가 굳게 믿고 있는 방향과 생각들이 누군가에게 공감과
작은 위로가 될 수 있기를 간절히 기도한다.

세상의 표면적인 것을 좇기보다 자기 자신의 목소리에 귀를
기울이길… 어떠한 판단과 평가에도 휘둘리지 않길… 스스로

의 간절한 꿈 앞에 결코 위축되지 않길 희망한다.

　자신의 삶을 사랑하고 새롭게 모든 것을 시작할 수 있는 용기를 응원한다.

목차

입장

　행복한 시간은 행복으로만 채우기.

　우리는 다가올 앞날을 궁금해한다. 대부분의 사람들은 상황을 예측하고 최대한 피해를 막기 위해 부단히 노력한다. 자신의 삶에 최선을 다하는 것은 당연한 우리들의 사명이다.

　가슴 아프게도 알 수 없는 미래에 대한 불안감은 스스로의 평정심을 깨뜨린다. 누군가는 사건이 될 만한 원인을 강박적으로 제거하려고 애쓴다. 점집을 찾는 사람도 있고 자기 자신을 압박하며 괴롭히기도 한다.

　계속해서 답이 없는 미래를 외부에서 찾는다.

　행복할 수 있는 순간을 의심과 염려로 채우는 나쁜 습관을 자각하고 버려야 한다.

나도 모르는 누군가를 위해
유니아JUNIAS

no where 어디에도 없는 것이 아닌
now here 지금 여기에 있기를….

현존한다는 것은 간단하면서도 매우 어렵다.

살면서 습득된 모든 것들이 우리의 영육에 자리하고 있기 때문이다. 그래서 우리는 항상 깨어 있기를 노력하고 매일 새롭게 태어나 현재를 희망적으로 바라봐야 한다.

긍정적인 에너지는 감사와 사랑의 세트로 구성되어있다. 이 파장은 눈앞의 근심 걱정 회피 두려움으로부터 강건할 수 있는 힘을 불어넣어 준다.

감당해야 할 일이라면 용감하게 부딪히자!

답을 내리려고 혹사하지 말고 차분한 마음으로 신중하게 상황을 바라보며 답을 찾아가자!

어제보다 오늘을 만족하고
오늘보다 내일을 더욱 사랑하길….

영혼의 단짝

1장

대기실

껌딱지

마라톤

somewhere

2021년

상처

은총아 안녕?

껌딱지

촉촉한 안개 사이사이 보슬비가 춤을 추듯 흔들거린다. 출
출한 늦은 아침 시간 오늘 같은 날씨에는 부침개가 생각난다.
나는 요리를 잘 못하고 많이 해 보지도 않았지만 믿는 구석이
하나 있다. 딸은 엄마의 요리솜씨를 닮는다는 이야기. 언제부
터 생겨난 말인지 모르지만 이 말은 나에게 희망적이다.

전라도에서 태어나고 자란 엄마는 요리솜씨가 굉장했다. 어
렸을 때 우리 집 식탁 위에는 김치 종류만 네 가지가 넘었다.
전복 품은 갈비탕은 기본이고 해물찜과 카스테라 그리고 떡까
지 손수 만들어 주셨다. 한번은 집에서 생선회를 떠 주신 적도
있다. 그중에 내가 가장 좋아했던 음식은 떡볶이였다. 나는 떡
볶이가 너무 맛있어서 어릴 적 엄마에게 학교 앞에서 떡볶이
장사를 해 달라고 조르곤 했다. 벅차게 넘치는 가정은 아니었

지만 식탁 위만큼은 항상 풍년이었다.

어렸을 때 자주 듣던 말 중 하나는 "밥 먹고 해라."로 음식에 대한 애착이 낮았다. 유년 시절 나는 친구들과 노는 게 너무 즐거워서 식사는 늘 뒷전이었다. 허약했던 나는 특별히 잘못 먹은 음식이 없는데도 배탈이 잦아 늘 병원을 내 집 드나들듯 했다. 오히려 안 먹어서 탈이 났던 모양이다. 그러다 더 재밌게 오랫동안 놀기 위해서는 밥을 잘 챙겨 먹어야겠다고 생각했다. 먹는 일을 즐기다 보니 식욕이 늘었고 몸은 더욱 건강해졌다. 살도 함께 얻었다.

지금은 "밥 먹고 해라."가 아닌 "그만 좀 먹어라."라는 말을 듣는다.

나는 학생들에게 무용을 가르치고 무용수로 무대에 오른다. 무용 작품을 공연하기 위한 신체를 만들기 위해서는 늘 다이어트를 하고 있어야 한다. 전문 무용수들과 무용 입시생들은 자의로든 타의로든 늘 몸매 관리를 요구받는다. 무조건 음식을 먹지 않는 몸매 관리는 균형이 잡힌 다이어트가 아닌 체중 감량을 위한 것으로 그친다. 예전에는 지금처럼 살 빼는 것에 집중되는 분위기가 아니었는데 언젠가부터 길고 마르고 예쁜고 비율 좋은 몸매는 무용하는 여자의 필수 조건이 되었다. 살이 찌면 게으른 것이고 체중이 늘어나면 연습을 덜 한 것이라는 말이 공식처럼 쓰이며 몸매가 무용수와 입시생을 평가하는 기준이 된 것이다.

이십 년 넘게 무용을 했다는 것은 지금의 만족과 부족함을 들여다보았다는 뜻도 포함되어 있다. 늘 실력 향상을 위해서 준비하고 노력하며 발전해야 살아남는 환경에 속하다 보니 나 자신을 칭찬하는 방법을 알지 못했다.

물론 아직도 춤을 좋아한다. 어렵지만 무용 작품을 만드는 창작 작업이 흥미롭고 무용수로 출연해 무대 위에 서는 것도 좋아한다.

음악과 잘 어울리는 움직임을 표현하고 열정적으로 준비한 다양한 장면들을 관객과 함께 소통할 때면 보람을 느낀다. 공연 도중 긴장되는 상황 속에서도 무용수들과 노련하게 호흡을 맞추며 살아 있음을 느낀다. 출연자와 공연 관계자 모두가 하모니를 이루어 작품이 된다. 좋은 작품은 무엇을 어떻게 왜 표현한 것인지 그 의미와 뜻을 정확하게 갖추고 있다.

내 전공은 현대무용이다.

일곱 살 때 취미로 무용을 시작해 지금은 서른여섯 살이 되었다. 선배들은 나에게 '꿈을 이뤄야 하는 나이'라고 조언한다. 사실 나는 아직도 이뤄낸 꿈보다 꾸는 꿈이 많다.

어렸을 때 발레와 한국무용을 동시에 시작했고 예고 진학 후 무용에 흠뻑 빠져 청소년 시절을 보냈다. 열네 살 무용의 길을 걷고자 결심하기 전에는 취미로 동네 무용 학원을 들락날락했다.

초등학생 때까지는 가족여행을 잘 다녔는데 무용이 취미가 아닌 전공이 된 후로 삼 일 이상 쉬어 본 기억이 없다. 다니던 중학교에는 무용부가 있었는데 전공 특성상 머리를 기를 수 있는 특권을 받았고, 공연하는 날이면 축하를 받으며 출석이 자동으로 인정되었다.

무용을 시작하게 된 계기는 아마도 내가 춤을 접했던 순간이다. TV에서 춤추는 사람을 보며 따라하는 것을 좋아했고, CF에서 신나는 음악이 나오면 마치 아는 곡인 듯 자동으로 일어나서 신나게 몸을 흔들었다. 어렸을 때를 기억하면 나는 매우 조용하고 내성적인 성격이었다. 엄마는 이런 나를 동네 축제에 혼자 내보내셨는데 산타 할아버지를 기다린 기억으로 봐서는 일곱 살 때이다. 안락하고 사랑 가득 느낄 수 있는 엄마의 옆자리가 너무 행복하고 그것만으로도 하루가 꽉 차고 풍요로웠다. 그때의 난 엄마의 껌딱지였다.

마라톤

해가 뜨기 전, 청량한 기운과 약간의 싸늘함을 좋아한다. 어떤 것이든 새롭게 시작할 수 있을 것 같다. 익어 가는 한낮의 온기도 좋지만 무엇이든 새롭게 시작할 수 있는 새벽이 설렌다. 세상은 아직 나를 발견하지 못한 기분이 들고, 무엇이든 해 낼 수 있는 용기로 마음이 타오른다.

새벽의 싸늘함은 지속적으로 타오르는 것을 허락한다. 너무 뜨겁지도 너무 차갑지도 않은 중간. 균형을 잡고 꾸준히 타오른다.

오늘 아침은 어떤 것이든 새롭게 시작할 수 있을 것 같다. 어제 못다 한 설거지, 빨래통에 들어 있는 옷과 양말, 문 앞에 배송된 택배, 미뤄 둔 이메일 답장… 불과 올해 초까지만 해도 당장 해결할 수 없는 것들에 대해 신경 쓰고 마음을 놓지 못했는데, 지금은 해결하지 못한 일들에도 여유가 생겼다.

요즘의 나를 보면 다른 사람 같다.

쉽게 되는 것들은 금방 마침표를 찍고, 어려운 것들은 쉼표로 남는다.

어제는 작업이 아주 꽉 막혔다. 시간이 부족했다. 표현하고자 하는 움직임을 찾고, 그것을 잊지 않도록 서로 호흡하며 익혀야 하는데 어제는 움직임의 타이밍이 어긋났다. 호흡이 하나로 모이지 않았고 그러다 보니 움직임을 음악에 맞추는 단계까지 도달하지 못했다.

하지만 오늘은 어제보다 잘 풀릴 것 같은 느낌이 든다. 아침 해가 떠오르는 모습이 마치 힘내라고 위로해 주는 것 같다. 푸릇푸릇 성성한 음식을 차려 본다. 행복한 식사로 충전을 하고 커피 장착 후, 춤을 더 잘 출 수 있을 것 같은 느낌적인 느낌의 연습복을 골라 본다. 재질이 부드럽고 편해야 하며 색감이 조화로워야 한다. 디자인도 물론 마음에 들어야 한다. 마음에 드는 연습복 하나가 생기면 색상별로 준비했다. 나를 포함해 주변의 무용수들은 마치 약속한 것처럼 상·하의를 세트로 입지 않고 따로 골라 입는다. 자유분방한 현대무용의 분위기 때문인지, 정확한 이유는 모르지만 나도 한두 벌을 제외하고는 세트로 입는 경우가 거의 없다. 몇 번의 시행착오 끝에 처음부터 세트로 구매하는 실패는 이제 더 이상 하지 않는다.

백 벌이 훌쩍 넘는 연습복들은 대체로 검정색이다. 검정색 연습복을 입으면 집중도 잘되고 무게감도 있고 날씬해 보이는 것 같다. 지금 검정색은 나와 한 몸을 이루는 색이 되었다. 이십 대 때에는 핫핑크를 좋아했다. 뚜렷하고 한눈에 들어오는 색이 개성 있고 매력적이라고 생각했다.

삼십 대 중반 지금의 나는 자극적이지 않고 계속 봐도 질리지 않는 은은한 색에 눈길이 간다. 예전에는 관심도 없었던 팥죽색을 네일 컬러로 정하고, 밍밍하고 심심하게만 느껴졌던 스킨색도 지금은 차분하고 고급스럽게 느껴진다. 입맛도 변했다. 떡볶이를 그렇게 좋아했는데 지금은 심심한 샐러드가 더 맛있다. 달콤한 초코과자, 짠맛의 감자과자를 좋아했는데 세상에나 절편이 맛있다. 그렇다고 과자가 싫어진 것은 아니다.

많은 나이는 아니지만, 내가 변하듯 춤도 변하는 것 같다. 예전에는 에너지가 넘치는 열정적인 움직임과 테크니컬한 움직임, 육체적이고 자극적인 것에 호기심이 많았다. 지금은 외적인 면보다 보이지 않는 면을 들여다보고 싶다. 한눈에 바로 알 수 있는 것도 좋지만 오래 상상해 본 뒤 '아, 그런 뜻이었구나!' 뒤늦게 알아차릴 수 있는 것들에 흥미를 느낀다.

오늘은 주어진 상황에 다르게 반응하는 장면을 연습한다. 어깨를 들썩이며 통화를 하는 사람의 뒷모습을 본다. 나는 그 모습을 즐겁고 유쾌하다고 생각한다. 반면, 상대 무용수는 그 사람이 흐느끼며 울고 있다고 말한다. 상대 무용수와 나는 같은 상황에서 서로 다른 해석으로 움직임을 표현한다.

춤추는 사람마다 가지각색이다. 무용은 가장 솔직하다. 그리고 그 무엇보다 직관적이다. 춤을 바라보는 입장은 다양하고, 다채롭다. 누군가에게는 좋은 장면이 다른 이에게는 지루할 수 있고, 불쾌한 장면이 감동이 되는 순간도 존재한다. 많은 느낌과 해석들이 있지만

우리는 안다. 정말 좋은 것 앞에서는 아무런 이유 없이 좋다고 느낀다.

새벽의 시작이 설레듯, 낯설지만 새로운 내 모습이 마음에 든다. 어른이라는 무게를 감당하기에는 떫은 감 같고, 실수를 경험으로 포장하기에는 출전의 기록이 몇 번 있는 마라톤 선

수 같다. 그러나 세상은 나에게 멋진 것, 훌륭한 것, 좋은 것을
요구한다. 요즘 나는 세상 사람들의 눈으로 나를 바라보기보
다는 온전히 나로서 나 자신을 바라보려고 노력 중이다.

나도 모르는 누군가를 위해
유니아JUNIAS

건강한 몸을 위한 관심

somewhere

나에게 어렵지 않은 일 중 하나는 기상이다. 유치원을 다니기 이전부터 엄마는 아침에 나를 깨워 본 적이 없다고 하셨다. 나는 다른 사람들도 아침에 일어나는 것이 그리 어렵지 않다고 생각했다.

하루를 일찍 시작하는 상쾌함과 더 많은 시간을 활용할 수 있는 기회를 만든다는 것은 에너지의 원동력이다. 오전 시간을 이용해 조깅을 하거나 책을 읽거나 인터넷을 하면서 다른 세상을 접하는 경우가 많았다. 스스로의 삶을 원하는 시간대로 움직이며 살아간다는 것 자체에 만족하고 그 순간순간에 의미를 찾아 흘러간다는 것은 축복받은 인생이다.

내가 사는 집 근처에는 작은 산이 하나 있는데 이름은 봉화산이다. 내가 초등학교를 다녔을 무렵 소풍을 가기도 했었고 종종 운동을 나섰던 곳이기도 하다. 완만하고 부드러운 산 주변에는 바로 주택가로 이어진다. 그곳 가까이에는 사찰이 하나 있었는데 지금도 있는지는 모르겠다. 산 아래에 있는 작은 절에 동네 친구를 따라갔었다. 그곳은 조용하고 고요했다. 인위적이지 않은 자연을 느낄 수 있었다. 바람이 불면 그 흐름을 타고 울리는 종소리가 너무 매력적이었다. 좌식으로 몇 분 동안 움직이지 않고 명상을 했다. 그때가 처음이었다. 아무것도 하지 않고 가만히 있기란 어린 나이에 답답하고 지루한 시간이었다. 그런데 이상하게도 시간이 흐르면서 억지로 내고 있었던 힘이 자연스럽게 빠지기 시작하였다. 눈을 감고 있는데 주변이 느껴졌다. 누군가가 걸어가는 소리, 내 앞이나 옆을 스쳐 지나갈 때의 느낌은 어렸을 때 했던 술래잡기를 연상시키기도 했다. 그렇게 길지 않은 시간이 지난 후 눈을 떴고 미션 성공이라는 축하와 함께 작은 선물을 받았다. 고양이 모양의 빗과 거울이었다.

또 한 번은 같은 반 친구가 다니는 교회에 초대되어 방문했다. 장로회의 행사 중 친구를 데려오는 전도의 날이었다. "당신은 사랑받기 위해 태어난 사람~" 처음이었다. 환영의 노래와 함께 온갖 관심과 사랑을 듬뿍 받았다. 따뜻하고 포근했다. 맛있는 간식과 함께 대화를 나눴다. 알아듣지 못하는 내용과 단어들로 신기해하면서 시간을 보냈다.

이후 교회를 몇 차례 나갔고 정확히 계기는 기억나지 않지만 성가대에 들어가 찬송가 연습도 했다. 그렇게 얼마 지나지 않아 나는 새로운 감정들을 마주했다. 의무감으로 매주 일요일 교회에 나가기란 버거운 숙제처럼 느껴졌다. 아침에 일어나는 것이 큰 무리는 아니었지만 매주 지켜야 할 생각에 부담이 되었던 나는 결국 결석을 하게 되었다. 교회에서 걸려온 안부전화를 받으며 솔직하게 대답할 수 없었던 어린 나의 모습이 떠오른다. 미안함이었다. 나는 착하게 보이고 싶었지만 사실은 바뀌기 싫었다. 무언가를 계속해서 요구받는 기분이 들었다. 친구와 노래방에 갔다고 이야기를 꺼냈을 때 교회 선생님께 꾸중을 들었고, 옷차림도 종종 지적을 받았다. 게다가 외워야 하는 지식과 정보들도 많았다. 그때의 나는 어리고 미흡했고 준비가 덜 된 상태였다.

성인이 되면서 더욱 궁금해졌다. 신은 단 하나인데 그 하나를 바라보는 다양한 종교인들이 공존하는 것 같았다. 그래서 그 근원과 이치를 정확히 알고 싶어졌고 근본이라는 개념의 정리가 필요했다.

그 무렵 문득 성당에 가 보고 싶어졌다. 집에서 성당은 오 분 거리에 있었다. 나는 이곳을 이십 년 넘게 지나다니면서 들어가 볼 생각조차 하지 못했다. 성당 블로그에 들어가 무작정 글을 썼다. 성당을 가보고 싶은데 언제 몇 시에 방문이 가능한지 묻는 질문이었다. 시간이 지나고 언제 오라는 답을 받았지만 정해진 일정이 있어서 그 시간은 불가능했다. 그래서 다시 글을 올리자 기다려 주신다는 대답과 함께 핸드폰 번호를 적어 주셨다.

한 번도 본 적 없는 사람에게 흔쾌히 자신의 연락처를 알려 주는 것을 보며 뜻이 통했다는 생각이 들었다.

그렇게 받은 전화번호로 문자를 보냈고 기다려 주신다는 답장을 받았다. 하지만 집에서 오 분 거리에 있는 성당은 코로나 19로 인해 미사가 제한되었다. 할 수 없이 다음을 기약하며 연락처를 주신 분과 커피를 마시며 이야기를 나눴다. 며칠 후 기다리던 성당을 다시 방문했고 드디어 첫 미사 참례를 할 수 있었다.

이천이십 년 십이월 그렇게 그분을 만나게 되었다.

2021년

나는 지금까지 삼십일만 이천 시간째 숨 쉬고 있다. 숨 쉴 수 있음에 감사하다. 해마다 바뀌는 계절을 느낄 수 있고 제철에 나는 과일을 먹을 수 있고 보고 싶은 사람을 만날 수 있는 것에 감사함을 느낀다. 그러다가도 간혹 소중한 마음을 꾸준하게 이끌어 가지 못할 때가 있다. 미래에 계획된 나의 모습을 따라잡기 위한 전력 질주인지 몰라도 나는 온전히 나를 내려놓아 본 적이 없다. 내려놓음의 방법을 알고 싶다. 지난 과거를 회상하며 잠시 시간여행을 한다.

만약 오늘을 내 생의 마지막 날이라고 할 때, 가장 최고의 순간이 언제냐고 묻는다면 나는 잠시의 망설임 없이 이천이십일 년이라고 자신 있게 말할 수 있다.

나에게는 현지라는 친한 친구가 있다. 현지는 자신의 친구를 통해 나에게 소개팅을 주선했다. 내 핸드폰 번호를 건네주는 아주 훌륭한 역할을 해냈다.

그날 오후 소개팅의 주인공인 남성에게 연락이 왔고 서로 대화를 이어가며 우리는 만나기로 했다.

약속 장소와 시간을 정하는 것도 쉬운 일은 아니다. 그래서 보통 중간 거리에서 만나거나 내가 조금 더 이동하는 방법을 선택했다. 얼굴도 모르는 사람과의 대화는 흥미롭거나 궁금하지 않았다. 게다가 나는 연달은 소개팅으로 의무적인 만남에 조금 지쳐 있는 상태였다. 두 사람이 함께 시간을 보낸다는 것은 특별한 일이지만 어색한 만남을 몇 차례 경험하다 보니 점점 기대가 사라지고 감정도 무뎌져서 소개팅이 마치 일의 연장선처럼 느껴졌다.

우리는 사월 십칠 일 오후 세 시에 만나기로 했다. 예고 수업을 마치고 건대로 이동해야 하는데 몸이 천근만근이었다. 집으로 돌아가 이불 속에 드러눕고 싶은 마음이 굴뚝같았다. 같은 학교에서 근무 중인 친구 현지는 코로나19의 위험을 언급하며 다음 약속을 기약하는 것도 추천했다. 당일에 약속을 취소하는 것에 대해 미안한 마음이 들었고 커피 한잔하고 집에 갈 생각으로 주섬주섬 옷을 갈아입고 차에 올라타 시동을 켰다. 주말이라 카페에는 사람이 많았다. 코로나는 끝난 이야기처럼 보였다. 앉을 자리가 없어 계산대 근처에 서서 기다리고 있었다. 오후 세 시 오 분이 지나고 있었다. 나는 좀 실망했다. 지금까지 소개팅에서 기다려 본 적이 없었던 탓인지 괜히 서운했다. 그렇게 속 좁게 시간을 보내고 있을 때 누군가가 옆으로 다가왔다.

인사를 하며 서로 처음 마주했다.

"여기 자리가 없는데 옆 카페로 이동할까요?" 나는 대답을 기다렸다. "좋아요. 제가 좀 늦었죠? 일찍 도착했는데 길을 헤맸어요. 죄송해요." 막상 사과를 받으니 오히려 내가 미안했다. 기분이 상한 티를 내지 않았는데 표가 났나 싶었다. 우리는 옆 카페로 이동해서 커피를 마셨다. 세 시간이 훌쩍 지났다.

서로의 이야기를 차근차근 꺼내며 듣는 것이 즐거웠고 대화가 술술 이어졌다. 공통적인 경험담이 신기하고 즐거웠다. 이렇게 공감이 되고 대화가 잘 통하는 이성은 처음이었다. 서로가 다른 상황을 겪었는데도 그 안에서 느끼는 감정은 비슷했다. 더욱 인상 깊었던 점은 잠깐의 정적조차 없었다는 것이다. 사실대로 이야기하자면 외모도 마음에 들었고 적극적인 모습에 호감이 더욱 커졌다. 그는 대화 도중에 다음 약속을 재빨리 잡고 망설임 없는 표현들로 나를 설레게 했다.

우리는 두 번째 만남에서 진지한 관계를 약속했다. 손을 잡고 길을 걷다가 치킨이 먹고 싶어서 치킨집에 들어갔다. 오리지널 메뉴를 선택해 주문했지만 우리는 반도 못 먹고 나왔다. 대화가 식욕을 잠재웠다. 내게 흔치 않은 일이었다.

해가 저물어 가는 저녁 시간, 길거리에 조명들이 반짝였다. 퇴근길에 삼삼오오 모여든 사람들 사이사이로 웃음꽃이 피어났다. 대체로 이 시간의 서울은 분주하고 피곤한데 그날은 모든 게 산뜻하고 아름다워 보였다. 우리를 포함한 주변의 공기가 따뜻하게 느껴졌다. 우리는 계속해서 주변을 걸었다. 설레는 그 시간을 온전히 즐겼다.

상처

    손톱 사이 작은 틈이 벌어져 붉은 핏기가 비치는 작은 상처가 하나 생겼다. 핸드폰을 만지거나 설거지할 때 그리고 씻을 때 따끔따끔하다. 그냥 아프다. 작은 상처 하나인데 전신의 신경이 날카롭게 서 있다. 고작 삼 미리미터의 티 안 나는 상처일 뿐인데 온갖 감각이 곤두선다. 이 작은 상처에도 민감하게 아픔을 느끼는데 마음에 난 상처는 얼마나 불편하고 아플까.

    마음의 상처는 겉으로 드러나지 않기 때문에 그 크기와 쓰라림의 정도는 눈으로 확인할 수 없다. 상처를 낸 사건보다 그것으로 비롯된 감정들과 생각들이 더 아프다. 마음의 통증이 얼마나 지속될지 아무도 모른다. 마지막 페이지는 엉뚱한 방향으로 펼쳐지기도 한다. 어떠한 트라우마로 자리 잡을지 정확하게 예측할 수 없다. 그래서 자기 자신을 자주 들여다봐야 한다.

상처는 상처가 되리라는 것을 예측하지 못한다. 하지만 마음의 상처는 무기력과 억울함, 우울과 분노, 짜증과 슬픔, 분열과 복수와 같은 부정적인 에너지로 확장되기도 한다. 또 자신과 타인을 극단적인 상황으로 몰고 가기도 한다. 지나치게 아픈 감정들을 다스리는 것은 힘든 작업이다. 상처받은 상태에서 흔들림 없이 중심을 잡고 동시에 유연해야 한다. 인간은 누구나 올라오는 감정 자체를 막을 수 없다. 그래서 어렵고 힘든 감정을 좋은 에너지로 승화시켜야 한다.

청소년 시절이었다. 당시 학교의 선후배 관계는 살벌했다. 한 살 위의 선배에게도 깍듯하게 대해야 했고 후배는 선배와 자유롭게 대화할 수 없었다.

한 선배가 같은 반 친구를 구타한 일이 있었다. 나와 안면이 있는 선배였다. 지금 생각해 보면 아찔한 순간이었다. 이 사실을 알게 된 담임 선생님은 나를 호출했다. 나는 모두가 있는 교무실에서 뺨을 맞았다. 영문도 모른 채 맞았다. 어안이 벙벙하여 사태파악을 못 했다. 단지 내가 선배를 안다는 이유만으로 혼나다니 그것도 여학생 얼굴을 남자 선생님의 큰 손으로 때

리다니 너무나도 충격적이었다.

폭력을 행사하는 행위는 악마와 같다. 분노를 다스리지 못하면 불행이 따라온다.

하교 후 집에서 놀란 마음을 추스르고 있는데 전화벨이 울렸다. 담임 선생님에게서 걸려 온 전화였다. "내일 학교 올 거지?" 미안하다는 사과가 아니었다. 어쩌면 그게 사과의 표현일 수도 있었겠다. 나는 "네."라고 대답했다. 그리고 이 사실을 누구에게도 알리지 못했다. 나만 입을 다물면 될 것 같았기 때문이다. 그랬더니 정말 아무런 일도 일어나지 않았다. 선배에게 맞은 친구와 나중에 이야기를 나눴는데 선배와 대화 도중 아무런 이유 없이 맞았다고 했다. 그 친구와 나는 이유 없이 맞은 이 사건을 떠올리기가 힘들어서 억울하지만 묻어 두기로 했다.

과거의 나쁜 사건들은 나를 몹시 불안하게 만들었고 이따금 무너져 버릴 것 같은 공간 속으로 옮겨 놓았다. 심장이 터질 듯 감정이 휘몰아칠 때면 우주 끝까지 폭주할 것 같았고 때로는 거친 파도를 완전히 덮어 버릴 만큼 괴로웠다. 나는 내면에 올라오는 감정을 덮어 버리면서 나 자신을 끝까지 몰아붙이기를 반복했다.

상처 자체는 무뎌졌지만 상처를 지우기 위한 고통과 되돌릴 수 없는 기억들은 차곡차곡 쌓였다. 가끔은 황당한 일이 생기고 억울한 일도 겪는다. 그때는 몰랐던 것들이 지나고 나니 보이기 시작했다. 그 누구의 잘못도 기억하지 않고 싶었다. 크고 작은 경험들로 상처를 이해하고 극복하는 방법을 알게 되었다.

화해와 평화 그리고 사랑이 그 답이었다. 나는 인생에서 지금의 순간을 상처가 아닌 사랑으로 바라보고 싶다. 현재의 불필요한 감정들은 과거의 추억 상자 속으로 곱게 접는다.

소중한 기억들을 담아 상처가 주인이 되지 않게 나의 마음을 희망으로 채운다.

은총아 안녕?

오월 십칠일 어김없이 생일이 돌아왔다. 생일파티를 계획하고 친구들과 함께 시간을 보낸 이벤트는 벌써 몇 년이 지났다. 그때만 해도 우리는 드레스코드를 맞춰 입고 핫플레이스에서 맛있는 식사를 하며 함께 축하를 나눴다. 했던 말을 하고 또 하면서도 시간 가는 줄 몰랐던 신나는 한때였다.

이천이십이 년 오늘은 결혼하고 처음 맞는 생일이다. 신랑은 깜짝 이벤트로 감동의 선물을 해주었다. 근사한 식사와 함께 평소 내가 좋아하는 디자인의 팔찌와 예쁜 꽃바구니 그리고 그 안에 신랑이 신부에게 무릎을 꿇고 반지를 끼워주는 로맨틱한 피규어 장식까지 너무 사랑스럽다. 그중에서도 내가 제일 좋아하는 건 신랑의 손편지이다. 완벽한 생일 축하 파티였다.

우리 부부는 알콩달콩 신혼 놀이에 빠져 있다. 뭘 해도 재미있고 아무것도 하지 않아도 즐겁다. 이런 우리는 우리라는 자체만으로 이미 행복하다.

얼마 전 처음 시도한 배란일 테스트는 나의 건강 상태를 잘 보여 주었다. 결과는 배란일이 연속으로 나타났고 타이밍만 맞으면 아기를 기대할 수 있었다. 작년 겨울 나는 산부인과에서 종합검사를 받았다. 그때 난자의 나이가 스물세 살이라고 했다. 허허 부모님께 감사했다. 배란일 테스트는 소변으로 알 수 있는데 두 줄이 선명하게 보이면 임신이 가능한 시기로 피크타임이라고 한다. 피크타임이 지나면 두 줄 중 한 줄은 희미해진다는데 사흘이 넘도록 선명하게 두 줄이 지속되었다. 나는 역시 건강하다고 다시 한번 느꼈다.

오랜만에 산부인과 진료를 받았다. 생일날의 방문은 처음이었다. 지금까지 신랑은 한 번도 진료실에 들어오지 못했는데 오늘은 선생님께서 "남편분 들어오세요."라며 허락해 주셨다. 선생님은 신랑에게 아기집이 보인다고 말씀하셨다. 초음파로 보이는 작은 동그라미가 바로 우리의 2세라니…. 감동의 눈물이 멈추지 않았다. 게다가 몸 컨디션은 아주 건강하고 아기집도 좋은 위치라고 축하해 주셨다. 앞으로 더욱 바르게 살겠다는 다짐을 했다. 의사 선생님께서는 다섯 주 하고도 이틀째라

고 말씀하셨는데 지난달 월경은 사월 십칠 일이었다. 의학적
으로 정해 놓은 기준으로 계산을 해 보면 생리 시작과 동시에
임신을 한 것인데 도무지 머리로 이해가 되지 않았다.

대부분 여성은 한 달에 한 번 마법이 시작되고 배란 전까지
시간이 필요한데 그 사이에 수정을 이루고 아기집을 볼 수 있
다니….

인간의 머리로는 생명의 신비로움을 가늠할 수 없다. 역시
그분은 계획하신 바가 있고 가장 좋은 시간에 가장 좋은 것을
마련하신다.

결혼 준비도 그랬듯이 임신 또한 모두 맡기고 기도하는 마
음으로 하루하루를 보냈다. 우리 부부는 아침기도와 저녁기도
를 함께한다. 식전 기도와 식후 기도도 자연스럽게 외웠다. 성
모님께 바치는 구 일 기도를 하루도 빼놓지 않고 신랑과 함께
했다. 예전에 결혼 준비할 때도 이 기도를 했었다. 구 일만 하
면 되는 줄 알았는데 오십사 일을 해야 하는 것이었다. 어느 날
은 너무 졸려서 정신력으로 겨우 버티며 기도한 적도 있다. 이
렇게 아프지 않고 건강한 몸으로 기도할 수 있음에 감사하고
행복하다. 앞으로 배 속에 있는 태아에게도 사랑이 전달되기

를 기도한다.

그분의 조건 없는 사랑을 닮도록 노력하는 지금의 내 모습이 마음에 든다.

은총아 안녕? 반가워. 그리고 고마워. 우리에게 와 줘서….

우리는 소식을 알자마자 아기를 보내 주신 것에 고개를 숙이며 감사기도를 시작했다.

주룩주룩 내리는 빗소리를 들으며 정신을 차려 보니 한 달이 지났다. 짧다면 짧은 삼십 일이라는 시간 동안 무슨 일이 있었는지 정리해 본다. 가장 큰 사건은 은총이의 기쁨이 아주 잠깐이었다는 사실이다. 산부인과에서 초음파 검사를 통해 첫 아기집을 확인하고 이 주일 뒤 재방문을 예약했었다. 그때가 되면 아기의 심장 소리를 들을 수 있다는 소식에 매우 설레는 하루하루를 보내고 있었다.

예약 하루 전날 저녁 시간이었다. 갑자기 하혈을 시작했다. 너무 놀란 나는 거실에 걸린 십자가 앞에 무릎을 꿇고 애원했다. 부디 아무 탈 없게 지켜 주세요. 곧바로 남편에게 전화를 걸었다. 회사 일로 바쁜 남편은 내 목소리를 듣자마자 달려왔다. 정신없이 병원에 도착한 후에야 저녁 식사 시간임을 알게 됐다. 게다가 담당 주치의 선생님은 하필 쉬는 날이다. 나의 상태를 알고 간호사 선생님은 응급 환자로 판단하여 현재 계시는 선생님을 연결해 주었다.

처음 뵙는 의사 선생님께서는 초음파로 상태를 진단하며 말씀하셨다. "아기가 보이지 않네요." 이게 무슨 소리인가. 분명 내일 심장 소리를 듣기로 했는데. 도무지 이해할 수 없는 상황이었다. 간호사 선생님은 이러다가도 괜찮아지는 경우가 있다며 나를 위로해 주었다. 그 후 유산의 과정이라고 소견을 받았다.

나는 하늘이 무너지고 눈앞이 캄캄했다. 믿을 수 없는 이 상황을 계속해서 거부했다. 상실감이라는 단어로는 담을 수 없는 안타까움과 힘든 고통의 시간을 마주했다. 나는 눈물을 흘리며 집으로 돌아왔다.

폭풍과 같은 오열을 토해내며 무너지는 감정의 끝자락에서 세상을 헤매었다. 혹시나 오진일지 모른다는 희망을 품고 밤새 인터넷을 검색했다. 보기만 해도 아찔하고 피하고 싶은 단어, 유산. 그렇게 뜬눈으로 밤새고 다음 날 다시 산부인과로 향했다. 주치의 선생님께서는 염색체 이상으로 아기집은 생겼으나 아기는 만들어지지 못했다고 설명해 주셨다. 이어서 소파술에 대해 설명하시며 상황을 지켜보고 결정하자고 하셨다.

나는 수술은 최대한 피하고 싶다고 말씀드렸다. 선생님께서는 고개를 끄덕이시며 처방전과 진단서를 작성해 주셨고 이렇게 덧붙이셨다.

의사 선생님께서 말씀하셨다. "환자분의 지금 상황은 그 누구의 잘못도 아닙니다. 정확한 원인은 알 수 없습니다. 휴식하시고 잘 챙겨 드세요." 사실 마음속으로는 계속 나를 탓하고 있었다. 내가 임신하고도 기말고사 실기시험을 위해 계속 시범을 보여서 그런가… 새벽 레슨과 실기 강의로 몸을 잘 챙기지 못해서 이렇게 됐나… 도대체 무엇이 잘못된 것일까? 양가 부모님께는 뭐라고 설명을 해드려야 하지… 너무 안타까워하실 텐데… 충격적인 지금의 상황에서 가장 슬펐던 건 은총이를 볼 수 없다는 사실이었다. 이런저런 위로의 말을 들으면서도 내가 처한 지금 이 상황을 납득하기 어려웠다.

시간이 지나 정신을 차려 보니 한 달이 지났고, 나는 그 사이 많은 결정을 내렸다. 가장 큰 결심은 더욱 행복하게 하루하루를 살기로 했다. 앞으로 살아갈 많은 시간 동안 보다 더 주체적인 삶을 살기로 했다. 나 스스로 주눅 들기 싫었다.

가장 먼저 입시에서 벗어나 보기로 했다. 대학을 위해 학생들을 압박하지 않고 자유로운 분위기 속에서 춤을 통한 진정한 소통을 하고 싶었다. 그리고 나를 찾는 학생들과 함께하고 싶었다. 일로 주어진 상황 속에서의 만남도 소중하지만 일방 통행이 아닌 협력하는 관계를 맺어 보고 싶었다.

그곳이 큰 사회는 아니더라도 인지도가 낮고 힘이 미약한 환경일지라도 이런 나의 소신을 지키고 싶다.

다양한 나라의 크고 작은 무대, 환호와 박수, 다양한 소속 등 모든 경험이 떠올랐다. 값지고 뜻깊은 일들을 많이 배울 수 있었던 그때였다. 이제는 다른 시각으로 내 일을 바라보고 싶다. 사람들이 좋아하고 인정하는 일이 아닌 그분이 보시기에 좋은 일이 답이라는 것을 알게 되었다. 힘든 경험은 이유가 있고 나를 성장시켜 준다고 믿는다. 그분은 내가 감당할 수 있는 시험을 주신다. 살면서 이처럼 시원한 적이 있었나? 처음이다.

그동안 했던 일을 단번에 접었음에도 섭섭이란 단어가 어색할 정도로 지금의 내가 좋다. 새로운 꿈을 꿔 본다.

상처받은 이들에게 위로가 되고 싶다. 무용을 통해서 혹은 글을 통해서 기도를 통해서… 서로 모르는 우리가 서로를 위해 기도를 하고 그 마음을 전하며 살아가는 삶이 나에겐 행복이다.

통공을 믿으며 처음과 같이 이제와 항상 영원히.

Gabriel ♥

모든 것을 함께

2장

무대 위

상자 정리

일 분 일 초 단위의 시간에 엄격했던 적이 있다. 짧지 않은 시간을 무용수로 살다 보니 약속했던 움직임이 연습 혹은 무대 위에서 반드시 수행되어야 한다는 강박에 사로잡혀 있었다.

서로의 몸이 닿는 컨텍트(contact), 신체를 들어 움직이는 리프팅(lifting) 동작에서는 더욱 민감하다. 약속한 타이밍이 어긋날 경우 부상으로 이어지기 때문이다. 실제로 나는 연습 도중 응급실에 간 적이 있고 공연을 포기해야 했던 적도 있다.

나는 무용수들 중에서도 키가 작고 몸무게가 적게 나가는 편이어서 리프팅 동작을 할 때 늘 다른 무용수들의 몸에 올라타거나 들어 올려지는 쪽이었다. 키가 백팔십 센티미터가 넘는 남자 무용수의 어깨 위로 두 발을 딛고 중심을 잡아 서거나 여러 무용수들의 몸과 등을 스쳐서 보다 더 높이 올라서야 하는 것이 나의 역할 중 하나였다. 하늘을 향해 올라갈 때는 꿈을 꾸는 것처럼, 일상에서 느끼지 못하는 설렘과 흥분이 있다. 다시 내려갈 때는 상대 무용수의 도움을 받아 부드럽고 능숙하게 착지한다. 그러나 사실은 꽤 위험하고 모두에게 긴장되는 순간이다.

한번은 나를 받아 주기로 약속된 남자 무용수가 나를 보지 못해 혼자 뛰어내린 적이 있었는데 남자 무용수의 어깨에 턱을 부딪치는 바람에 3주 동안 피멍과 얼얼한 통증을 달고 지냈었다. 발목이 골절되어 깁스를 한 적도 있고, 천장이 낮은 연습실에서 리프팅 연습을 하다가 엄지발가락의 인대가 파열된 적도 있었다. 작품 소품으로 사용하는 큰 통 안에 들어가서 움직임을 연습하다가 그 통이 쓰러지는 바람에 목을 다쳐 공연팀에서 하차한 적도 있다. 부상은 가끔 있는 일이었고 예상치 못한 경험을 할수록 나는 단단해져 갔다. 동료 무용수들이 다치지 않도록 주의를 기울이는 것은 나에게 가장 중요한 일이 되었다. 그러기 위해서는 무용수들이 말하는 '타이밍'에 대해 더욱 집중해야 했다.

섬세하고 예민한 환경에서 작업하다 보니 나도 모르는 사이 나에게는 강박적인 시간관념이 생겼다. 계획해 놓은 시간을 지키지 못하면 심장이 뛴다. 무용을 가르치는 일을 할 때도 수업에 늦을지 모른다는 불안감이 있었다. 그 초조함이 싫어서 미리미리 서두르는 습관이 생겼다. 어렸을 적 개인지도를 받았는데 외부 연습실을 대관해서 레슨을 받았다. 십 분에서 십오 분씩 항상 늦게 오시는 선생님이 계셨는데 그때 나는 내가 만약 누군가를 가르치게 된다면 늦지 않아야겠다고 생각했다.

목표를 성취하기 위해서 계획적이고 까다로운 성격이 필요하지만 어릴 때의 난 완급조절에 미숙했다. 일과 일상을 현명하게 전환할 줄 알아야 했는데 그것은 늘 쉽지가 않았다. 일을 마치고 집으로 돌아와도 풀리지 않은 일이 계속해서 머릿속에 맴돌았다. 일상을 편안하게 지내기보다 계속해서 긴장된 상태를 유지하는 일의 연속이었다. 가끔은 이런 내 모습이 안쓰러웠다. 내가 세운 기준과 틀 그리고 계획이라는 목표 안에서 현재를 만끽하지 못했다. '지나면 다 아무것도 아니다.'라는 말이 생각났다. 정말 아무것도 아니고 아무런 일도 없었다. 다만 나의 몸과 감각은 모든 것을 기억한다. 그것이 좋은 것이든 나쁜 것이든 경험이란 상자 안에 쌓였다.

이제 나는 대청소를 시작한다. 먼저 여러 가지 상자들을 발견하고 그 상자 안에 무엇이 들어 있는지 바라보고 불필요한 것들을 버리려고 한다. 그래야 내가 가진 상자들이 더 소중하고 예쁜 추억들로 가득할 것이기 때문이다.

비어 있는 것이 싫어서 이것저것 담아 봤는데 오히려 꽉 찬 것은 부족한 것만 못하다. 비록 몇 개 안 되더라도 의미 있고 소중한 것을 내 마음 상자 안에 담아야겠다.

만족을 위한 노력

선배들은 나에게 탱탱볼 같다는 소리를 종종 했다. 대학생 시절 같은 과 선후배 관계에서 지켜야 했던 관습이나 불필요한 일을 피했다. 또 효율성과 일의 진행 속도를 중요하게 생각했고 결과를 곧장 얻으려 했다. 게다가 어떤 일을 끝마친 뒤 바로 다음 단계를 구상해야 직성이 풀리는 성격이었다. 다듬어 가고 있지만 아직은 둥글지 못한 채 남아 있는 성격이다.

다른 사람들과 똑같이 주어진 시간에 더 많은 일을 해내는 것에 성취감을 느꼈다. 통쾌하게 일을 마무리하는 것에 보람을 느끼며 스스로 다그치는 내 모습을 느끼지 못하기도 했다. 그러면서도 미움, 다툼, 시기, 질투와 같은 짙은 색깔의 감정들에 예민하게 반응했다. 사람들에게 좋은 평판을 받고 싶은 마음은 컸지만 나는 모두를 만족시킬 수는 없었다.

대학교 사학년 재학생 때 너무나도 존경하는 스승님의 작품에 무용수로 출연하는 기회가 주어졌다. 열 명이 훌쩍 넘는 무용수들은 모두 무용단 선배들이었다. 막내인 나는 영광의 기쁨으로 매일 신나게 학교 무용실을 향했다.

열정적으로 준비한 우리 팀은 마침내 대상을 받을 수 있었다. 그 무대를 계기로 많은 러브콜을 받았다. 어느 날 멋진 독립무용가의 연락을 받았다. 졸업 작품도 아직 올리지 못한 나에게 해외투어를 제안했다. 심장 소리가 귀까지 들렸다. 월급을 받는 프로 무용수의 생활을 기대한 적이 있었는데 가능한 현실이라는 것에 몹시 흥분했다. 좋아하는 일을 하면서 돈을 벌 수 있다는 것이 먼일이라고만 생각했기 때문이다. 이어지는 관심과 칭찬에 어색하면서도 설레었다. 하지만 아직 졸업 전이고 학생 신분으로서 그 역할에 충실해야겠다는 생각이 들었다. 지금의 기회를 두고 의무감과 책임감에 대한 고민을 깊게 했다.

다짐이 필요했다.

그렇게 기회를 보내고 휴학 한번 없이 학교생활을 이어갔다. 정말 원하는 나의 바람보다 내가 해결해야 하는 것에 몰입

했다. 작은 실수나 흠집조차 스스로 용납하기 싫었다. 또 적을
만들고 싶지 않았다.

내가 할 수 있는 선택과 최선의 노력은 늘 그 이상으로 더 해
야 한다고 생각했다.

어느 날 문득 '내가 왜 이렇게 경주마처럼 달리고 있을까?'라
는 질문이 들었다. 목표 앞에서 무조건 열심히 달려야 한다는
생각 때문에 이유도 뜻도 모르고 전진하기 바빴다. 사실 뚜렷
한 목표가 있었던 것은 아니다.

내 마음속 강박 때문이었다. 누가 시킨 것도 아닌데 무엇을
위해 나의 소중한 시간을 다채롭게 만끽하지 못했을까.

요즘은 시간의 흐름에 온전히 나를 맡겨 본다. 나라는 사람이
완벽하지 않다는 것을 인정하기, 나의 지금을 칭찬해 주기, 앞
선 불안에서 벗어나기. 이런 작업을 하다 보니 여유가 생겼다.

달릴 줄밖에 몰랐던 내가 천천히 걷기 시작했다.

길

    바람조차 미끄러질 것 같은 올백 머리에 동그란 망을 얹은 모양은 한 가닥의 머리카락조차 겉돌지 않는다. 단정하고 깔끔한 용모와 깨끗한 레오타드 그리고 타이즈는 현대무용 전공생의 실기 준비를 위한 기본적인 자세다. 레오타드와 타이즈는 근육을 잡아 주고 몸의 선을 매끄럽게 다듬어 준다. 디자인과 색상에 따라 움직임의 분위기가 달라진다. 체형에 꼭 맞는 레오타드를 찾기란 그리 쉽지 않다. 유행을 타기도 하고 스판, 실크, 망사, 레이스, 벨벳 등 소재 또한 다양해서 대부분 여러 벌의 레오타드를 장만한다. 특히 대학교 무용과 입시를 준비하는 전공생은 원타이즈 복장으로 레오타드와 타이즈만 입고 실기에 참여한다. 티셔츠와 긴바지를 레이어드 하는 것은 혼자 연습할 때나 가능했고 실기 수업 때 당당하게 입을 수 있는 시기는 대학생이 된 후에 가능했다.

나는 미성년자에서 벗어난 순간부터 현대무용이라는 장르를 온전히 바라볼 수 있었다. 입시 교육으로 가질 수 없었던 마음의 여유가 생긴 까닭인지 정확한 이유는 알 수 없었다. 무용에서 중요하게 다뤘던 기본이라는 틀 이상의 무언가가 내 안에 우두커니 자리 잡게 되었다. 가끔은 내가 이상한 생각만 하는 것인지, 세상이 좁은 것인지, 혹은 춤을 추면서 세상을 깨달은 것인지, 깨달음으로부터 춤이 시작된 것인지 구분하기가 어려웠다.

나는 동작의 제약을 깨고 다양하게 몸을 움직이며 표현하는 것을 좋아한다. 그래서 더욱 현대무용에 매료되었다.

맨발로 바닥을 느끼며 흐름과 함께 온몸을 뒹굴어본다. 본능적으로 몸을 따라가 보기도 하고 끝없는 위를 향해 치솟아 오르기도 한다. 천천히 걷기도 하고 사방으로 뛰고 달리면서 자유를 느낀다. 또 서로의 신체를 밟고 누르고 부딪히면서도 다치지 않는다. 사람들과 함께 움직이며 몸으로 약속을 기억하고 규칙을 만들어 간다.

무용하는 시간은 굉장히 섬세하고 매력적인 순간이다. 무용 작품을 창작하면서 소리를 지르거나 세상에 없는 언어를 만들어 대화할 때도 있다. 때로는 즉흥적이고 우연적인 법칙에 몸을 맡긴다. 그러다 또 하나의 새로운 규율이 생기고 그것이 작품에 녹아들어 모두의 동작인 군무가 되기도 한다. 작고 사소한 극적 상황에서도 감정의 극한을 과감하게 달린다. 기쁨의 끝을 달리기도 하고 슬픔의 바닥을 찾아보기도 한다.

나는 다양한 경험을 하고 싶었고 더 큰 세상에서 춤추고 싶었다. 그래서 오디션을 선택했고 몇 차례씩 걸리는 엄중한 결과를 기쁨으로 얻을 수 있었다. 나는 국내와 해외 안무자들의 작품을 준비하고 출연하면서 무용을 통해 표현하고자 하는 본질은 서로 같다는 것을 경험했다. 자유와 평등 그리고 존중을 만끽할 수 있었다. 좋은 작품에서의 작업은 늘 새로운 공식을 탄생시켰다.

그 후 나는 여러 가지 생각들과 감정들을 구현하면서 다양한 사람들을 관찰했다. 그중에서도 아름다움에 눈길이 갔다. 나는 종종 남자도 아름답다고 느낀다. 젊고 예쁜 여자보다 세월의 흔적이 묻어나는 할머니 할아버지의 주름이 아름답고 고귀하게 느껴진다. 아이를 안고 있는 엄마의 팔뚝이 아름답다. 나에게 외적인 모양은 더 이상 아름다울 미를 정의하는 기준

이 아니다. 사람들이 예쁘다고 하는 외모는 나에게 감흥을 주
지 못했다.

그리고 아름다운 것은 정작 눈으로 볼 수 없었다.

중심의 핵심

무용수, 안무자 그리고 무용 선생님의 역할 사이에서 많은 갈등을 경험한다. 갈등이라는 것 자체가 부정적으로 보일 수 있지만 문제를 해결하는 과정에서 좋은 결과를 만들 수 있는 계기가 되기도 한다. 그래서 우리는 언제나 어려운 상황을 현명하게 극복하려는 의지를 보여야 한다.

무용수는 안무자가 원하는 그림을 움직임으로 표현해야 하는 동시에 담고 있는 의도를 파악해야 한다. 이것이 한 번에 이루어지기를 바라는 것은 욕심이다. 서로 의견을 나눠야 하고 생각하는 방향을 맞추고 움직임으로 표현하기까지는 시간이 필요하다. 운 좋게 작업이 쉽게 풀렸더라도 다음 작업에서 똑같을 수 없음을 알고 있어야 한다.

안무자는 원하는 방향을 무용수에게 명확하게 제시하고 만족스러운 결과를 위해 다양하게 시도하는 노력을 해야 한다. 무수한 반복 끝에 최선의 결정을 내려야 하는데 이 점은 매우 주관적이기 때문에 어느 하나를 선택하기가 어렵다. 명확한 선택 또한 작품의 완성도를 높이는 중요한 요소이다. 안무자의 애매모호한 결정은 무용수들에게 혼돈을 준다. 안무자는 조바심을 내기보다 무용수의 컨디션을 관찰해야 한다. 작품에 대한 물음과 의심도 좋지만 함께하는 사람들을 기억하는 것이 중요하다.

대학교 무용과 전공생들의 실기 강의를 할 때면 학생들이 나보다 나은 무용수로 성장하리라는 바람을 갖는다. 실기 수업 시간에는 시범을 보이고 움직임을 설명한다. 학생들이 한 번에 따라 하지 못한다고 해서 다그치지 않는다. 충분한 시간을 갖고 될 때까지 가르쳐준다. 무용 실기 수업은 선생님과 학생의 상호작용이 중요하다. 함께 열정을 주고받을 수 있는 분위기를 위해 서로가 노력해야 한다.

학생은 올바른 연습과 함께 꾸준한 노력을 해야 하고 선생님의 의도를 파악해야 한다. 노력하지 않고 선생님의 친절함과 이해심을 바라는 편심은 반드시 개선해야 한다.

무용 선생님은 억압하고 압박하는 주입식 교육이 아닌 스스로 느끼고 받아들일 수 있게 이끄는 것이 중요하다. 하지만 나는 무너질 때가 종종 있다. 학생의 신분과 역할에서 어긋난 행동을 보일 때면 웃음기가 사라지고 진지한 눈빛으로 말투까지 바뀐다. 학생들은 나의 이런 순간을 차갑고 무섭게 느끼는 것 같다.

무용 실기뿐만 아니라 학생들의 생각과 습관은 매우 중요하다. 무용은 더불어 무대에 오르는 작품이 많기 때문에 올바르고 강인한 인성으로 이끄는 것은 무용 선생님으로서 큰 숙제이다. 무용은 결코 동작만으로 그치는 것이 아니다. 내면이 바뀌지 않으면 춤이 늘 수 없기 때문이다. 하지만 나의 질책과 훈계로 풀이 죽은 학생들을 볼 때면 내 안의 자책감이 생겨난다. 경험이 쌓여도 이런 상황은 늘 어렵다.

요즘 나는 머릿속 넓어진 생각의 범위를 조금씩 좁혀가는 작업을 하고 있다. 넓어진 생각을 좁혀가다 보면 본질적인 것 하나만 남길 수 있을 것 같다. 흩어진 에너지를 하나로 모으다 보면 지금보다 뜨거울 수 있을 것 같다. 무엇이 되려고 하는 생각은 아니다. 지금 느끼는 감각들, 생각할 수 있는 모든 것들, 그리고 글로 옮겨 가는 이 시간은 나에게 여행이고 열정이다. 삶에서 중요한 부분을 차지하는 치유의 시간인 것이다.

평화를 빕니다

나도 모르는 누군가를 위해
유니아 JUNIAS

하고 싶은 말

일 년 가까이 준비한 듀엣이 있다. 이 작품에는 두 명의 여자 무용수가 출연한다. 그녀들은 무용을 향한 진솔함으로 만났다. 자신의 한 걸음, 한 걸음을 고심해서 찾아간다. 이 둘은 결과를 먼저 걱정하지 않는다. 그리고 무엇보다 과정을 소중히 여긴다. 이런 공통점을 가진 우리는 하모니를 꿈꾼다.

나는 내가 가장 아끼는 무용수 나혜영을 섭외했다. 우리는 이번 듀엣 작품에서 치열한 경쟁으로부터 벗어나기로 했다. 상대를 더 많이 느끼고 바라보며 유연하게 반응하기, 최대한 순수하게 그리고 정성을 다해 서로를 바라보기, 그 무엇도 지적하고 판단하지 않기! 연습 과정뿐만 아니라 연습 시간과 장소를 정하고 소통하는 것까지도 친밀한 환경에서 진행하려고 했다. 우리는 생각하고 실천하는 노력을 지속했다. 신기하게

도 어색하지 않게 팀을 이끌 힘이 솟았다. 모든 것이 선물처럼 우리를 원하는 방향으로 옮겨다 주었다.

우리 작품의 제목은 〈허들링〉이다. 펭귄들은 남극의 추위를 견디기 위해 몸을 촘촘히 밀착해 원 모양으로 도는데 이때 바깥쪽과 안쪽을 번갈아 오가며 체온을 유지한다. 이것을 허들링이라고 부른다. 서로를 품어 주면서 길고 긴 겨울밤을 함께 이겨 낸다. 단합함으로써 생존하는 것이다. 우리는 펭귄들의 허들링으로부터 영감을 받아 '함께'의 의미를, 따뜻하고 평등한 관계를 탐색해 보기로 했다.

순환, 동그라미, 사랑, 지구… 원형이 떠올랐다. 작은 원에서 중간 크기의 원 그리고 가장 큰 원의 움직임을 찾고 서로를 탐색한 뒤 하나로 어우러지기까지의 과정을 표현했다. 처음에 무용수들은 각자의 입장만 주장하고 자기 자신을 회피하며 상대를 외면하는, 인간성이 결여된 모습을 보인다. 그러다 서로를 바라보고 이해하기 시작한다. 두 무용수는 점점 가까워지며 상대를 느끼고 마침내 화합을 이루어 하나가 된다. 나는 마지막 장면을 가장 좋아한다. 두 사람이 한 몸이 되어 움직이는 순간이 아름다웠다.

반 년이 넘는 기간 동안 리서치는 이어졌고, 이후 두 달 동안은 작품의 완성도를 높이기 위해 꾸준히 연습했다. 작품은 총 세 개의 장면으로 구성되었다. 그중 두 번째 장면은 움직임이 많고 빠르다. 그래서 호흡을 맞추는 시간이 더욱 필요했다. 연습 중 호흡이 어긋나면 혜영이는 한 번 더 연습하자며 집요하게 작품에 몰입했다. 완벽주의가 발동했다. 안무자인 내가 괜찮다고 해도 그녀는 쉽게 집에 가지 않았다. 정말 감동했다.

안무가와 무용수의 역할을 동시에 해내는 일은 쉽지 않았다. 일정 조율과 연습실 대관, 작품의 음악, 의상, 소품 등 모든 것을 신경 쓰며 해결해야 했다. 게다가 예산 또한 적었는데, 그나마 받은 소정의 지원금은 상대 무용수의 출연료로 지급되었다. 교통비로도 부족할 금액이었지만 혜영이는 기쁘게 받아주었다. 누군가의 손을 잡는다는 것은 상대에 대한 믿음이 분명하게 자리하고 있어야 가능하다. 열악한 환경에서도 이것저것 따지지 않고 배려해 준 혜영이에게 감사하다. 그리고 그녀의 열정에 박수를 전하고 싶다.

혜영이는 공연을 마치고 나에게 말했다. 작업이 정말 좋았다고, 행복했다고. 이렇게 마음으로 무용한 적은 처음이라고.

춤이 더욱 좋아졌다고. 온전히 자신의 춤을 추며 행복을 느낄 수 있었다고….

나에게도 이번 기회는 정말 소중하다. 하고 싶은 말을 작품을 통해 전하고 관객과 소통할 수 있었다.

늘 수평적인 자세가 중요하다. 그것은 존중이기 때문이다.

작품을 만든다는 것은 평가를 받는 것이 아닌 공감을 받는 것이다.

작업하는 하루하루가 힘들어도 의미 있기를….

평온

3장

무대 옆

삶의 방향

길가에 버려진 쓰레기, 함부로 사용한 공동 화장실의 흔적, 구급차를 외면하는 운전자, 버스와 지하철에 마련된 노약자석과 임산부석은 때때로 만석이다. 하루에도 몇 차례씩 볼 수 있는 미숙한 행동들은 생활 속에 버젓이 드러난다. 삶을 함께하기 위해 만들어 놓은 우리의 질서는 까맣게 잊히기도 한다.

누구나 때때로 법에 어긋나지 않는다는 이유로 무심코 말과 행동을 뱉을 때가 있다. 벌금은 납부하고 나면 끝이지만 함부로 내던진 언행들은 우리의 몸속에 차곡차곡 쌓인다. 샤워하듯 가볍게 씻어 낼 수 있는 것이 아니다. 언제 어떻게 그 잔재가 드러날지 아무도 모른다.

함부로 뱉은 말…. 그 버려진 단어에는 날카롭고 따가운 가

시가 있어서 말하는 사람도, 듣는 사람도 상처를 받는다. 나쁜 의도와 뜻을 전하는 사람에게는 후회라는 감정이 남고 이 에너지는 자신을 자책하게 만든다. 또 상대방에게 마음의 상처를 남겨 사랑의 자리를 훼손한다. 여기서 중요한 것은 상대방이 받은 상처의 크기와 깊이를 육안으로 확인할 수 없다는 것이다. 그리고 치료와 회복에 어느 정도의 시간이 필요한지 누구도 알 수 없다. 상처는 당장 드러날 수도 있고 서서히 나타날 수도 있기 때문이다.

폭력적인 언행의 피해자는 각기 다르게 반응한다. 상처받은 이는 느닷없이 지난 상황을 떠올릴 때도 있고 사소한 일상 속에서도 상대방의 말을 전혀 다르게 해석해서 겁을 먹거나 두려워할 수도 있다. 일종의 트라우마로 자리 잡는 것이다. 폭력은 전염이 강해서 피해자가 가해자가 되기도 하고 가해자가 피해자가 되기도 한다.

폭력은 마음과 정신을 맑은 상태에 가만히 놓아두지 않는다. 더욱 어둡고 복잡한 악습이 되어 우리를 계속해서 구렁텅이로 끌어당긴다. 평화로움을 깨고 괴롭히는 것이다. 나는 이것이 '악'이라고 생각한다. 악은 선함과 사랑을 시기하고 질투하며 우리의 평온을 깨뜨리려 든다.

간혹 천사의 얼굴로 악을 전하려는 마음이 존재한다. 이때 우리는 선과 악을 구별하는 것이 어렵다. 그래서 우리는 분별을 잘해야 하고 항상 깨어 있도록 노력해야 한다. 노력의 방법은 다양하고 각기 다르겠지만 최종 뜻은 하나이길 바란다.

속상하고 억울하고 화가 나는 상황에서 나 자신을 낮춰 에고(ego)를 버려야 한다. 대신 그 자리에 사랑을 담아야 하는데 쉽지가 않다. 하지만 지속적인 연습을 통해 훈련해야 한다. 올바른 노력의 끝은 늘 사랑이 존재하기 때문이다. 습관적으로 방향을 잘 잡고 어느 순간에도 감정에 휩쓸리지 않아야 한다. 완벽할 수 없지만 노력하는 삶은 의미가 있다. 그러다 보면 조금은 나은 어른이 될 수 있을 것이란 희망이 나에게는 확고히 있다.

어렸을 적, 어른이 되면 편할 것이라고 상상했던 짧은 생각에 웃음이 난다. 그러나 어른이 되면 더욱 많은 것을 보고 느끼고 경험하고 깨닫기 때문에 그에 따르는 책임이 눈덩이처럼 불어난다. 사람들과의 대화부터 누군가가 나를 어떻게 보고 판단하는지 면목을 차려야 하는 상황도 있다. 참 신경이 쓰인다.

나도 모르는 누군가를 위해
유니아JUNIAS

사회적인 체면과 주변 지인들에게 보이는 나의 얼굴이 늘 떳떳하기를 바랐다. 언제부터 시작된 노력인지 알 수 없었다. 사람들이 좋아하는 모습을 나도 모르는 사이에 주입 시켰나 보다. 특히 예의와 도리를 잘 지키고 싶었다. 윗사람에게 공손하고 싶은 마음이 컸고 나보다 나이가 어린 사람들에게는 좋은 선배이자 어른이고 싶었다. 손가락질을 받는 것이 싫었고 누군가의 입방아에 오르내리는 것 또한 싫었다. 내가 아는 사람이 나의 험담을 하는 것은 마음이 아프고 슬프고 두렵고 무서웠다. 그러다 어느 순간 허무함을 느꼈다. 내가 노력해서 최선을 다한다고 해도 나를 욕할 사람은 결국 그러하다는 것을 경험했다. 힘든 시간이었다. 받아들이는 것이 아프고 쓰라렸다.

가까운 사람에게 받은 상처일수록 그 자리는 더욱 깊고 크며 오래간다. 내가 최선을 다하더라도 상대방이 부족한 나의 모습만 보고 느끼게 된다면 잠시 나만의 호흡으로 숨을 쉬어야 한다.

휘둘리지 않는 중심을 잡는 것이다.

직접 상처를 주지 않았더라도 악은 돌고 돌아 모습을 드러내기 마련이다. 이때 반드시 주의해야 할 중요한 점은 절대 낚

여서는 안 된다는 사실이다.

선과 사랑은 내가 상처받기를 원하지 않는다. 나 또한 마찬가지다. 그래서 흘려보내 주어야 한다. 절대 똑같이 반응하지 않기로 다짐한다. 똑같은 사람이 되지 않기 위해서… 악을 허용하지 않기 위해서 말이다.

다짐을 반복해도 답답한 생각과 마음에 기분은 엉망일 수 있다. 하지만 이 순간을 넘어 앞으로도 지속적인 노력을 반드시 해야 한다. 어둠의 구덩이에서 나와야만 한다.

그때 내가 생각했던 몇 가지 방법이 있다.

1) 하느님, 부처님도 반대하는 사람들이 있다.
  - 하물며 한낱 사람인 내가 왜 모든 사람에게 인정받고 사랑받으려고 하는가.

2) 상대방에게 느낀 서운함을 담아두지 않기.
  - 상황을 바라보고 감정을 분리한다.

3) 받으려는 마음보다 주려는 마음을 키운다.
  - 줄 때 받으려는 욕심까지도 남지 않게 고이 선물하자.

4) 사랑하는 사람들을 떠올리기.

   - 그 사람들과 함께 하기에도 시간은 부족하다. 나에게 주어진 시간을 잘 보내자.

삶은 유한하기에 불필요한 감정과 영혼을 더럽히는 것들을 분별해야 한다.

나쁜 감정들은 흘려보내 주고 그것에 반응하지 않는다. 자연스럽게 내 안에 머물지 않도록 보내 주는 것이다. 많은 일을 하고 싶은 욕심을 버리고, 나 자신을 내세우고 인정받으려는 마음도 버리고, 진정 내가 해야 할 일이 무엇인지 아는 어른이 되기 위해서.

선물

자연스럽게 눈을 뜬다. 아침이다. 전날 밤 준비물을 꼼꼼하게 챙겨 놓은 덕에 여유롭다. 조급함 없이 하루를 출발할 수 있어서 상쾌하다. 이 기분 좋은 시작과 함께 엄마가 차려 주는 든든한 밥상이 더해지니 완벽한 아침이 완성되었다. 반짝이는 검은색 구두와 주름이 잘 잡힌 교복, 방금 산 것 같은 새 책가방을 메고 학교를 향한다. 마을버스에는 등교하는 학생들로 가득 찼다.

중학교 일학년 신입생인 나는 학교 수업을 마치고 무용 학원으로 향한다. 부모님은 외동딸인 나에게 배움의 기회를 적극적으로 제공해 주셨고, 무엇을 할 때 가장 즐거운지 물어봐 주셨다. 엄마 아빠가 나를 위해 준비한 의미 있고 소중한 선물이었다.

다음 날 그렇게 열네 살 무용전공생은 공부와 무용의 병행을 위해 보습 학원으로 향한다. 학원 수업을 마치고 삼층 계단에서 일층으로 내려가려는데 갑자기 불이 꺼졌다. 그때 누군가가 나의 손에 무엇인가를 쥐어주고 갔다. 가끔 익명의 쪽지는 받았어도 순식간에 일어난 이 경험은 새로웠다. 불은 다시 켜졌고 내 손에 든 것이 초콜릿임을 알아차렸다.

누굴까? 누구지? 왜 말 한마디 없이? 아직도 이 수수께끼를 풀지 못했다. 나는 누군가에게 이름을 숨기며 선물한 적이 없는데 그때 그 아이는 어떤 마음이었을지 궁금하다.

선물은 나에게 정을 나누고 따뜻한 마음을 표현하는 감사함이다. 요즘은 모바일 선물하기, 선물 배송, 쿠폰 및 상품권 등 마음을 전하는 편리한 방법이 많다. 언택트 시대에 아주 유용한 수단이다. 선물을 주거니 받거니 할 때의 성의와 정성보다 요즘은 편의성에 더 신경을 쓰게 된다. 십이 년 가까이 모바일로 편하게 선물을 주고받다 보니 아날로그 감성이 그립다. 짧더라도 손편지가 좋고 작더라도 상대를 생각하며 준비한 선물이 감동적이다. 좋은 물건, 값비싼 브랜드 상품보다 상대의 마음이 느껴지는 선물이 더 따뜻해서 좋다.

크리스마스, 생일, 밸런타인데이, 화이트데이, 스승의 날, 수

능, 명절, 각종 행사에 우리는 선물을 주고받는다. 선물은 소통의 방법이 될 수 있고 어색한 환경이나 긴장된 분위기를 풀어주기도 한다. 간혹 선물했다가도 핀잔을 받는 경우를 보았다. 선물하는 사람은 사랑의 마음보다 의무와 책임이 앞섰을 수 있고 받는 사람은 성의와 표현의 크기에 중점을 두었을 수도 있다. 선물은 주는 사람의 기쁨만을 위한 것이 아니다. 받는 사람을 먼저 위할 때 우리는 더욱 행복하다. 마음을 담은 선물을 준비하고 전하는 과정에서 자기 자신보다 상대를 먼저 떠올린다면 서로 만족할 수 있지 않을까?

선물을 준비하고 기쁜 마음으로 받아들이는 데는 사랑이 필요하다. 선물을 통해 전해지는 마음 자체에 감사함과 소중함을 느끼는 사람이 있고 선물의 내용과 크기로 상대방의 마음을 판단하는 사람도 있다. 선물을 준비한 사람의 상황과 환경을 이해하고 그 내용과 크기를 떠나 성의와 따뜻함 그리고 감사함을 느끼는 마음이 중요하다.

내가 생각하는 선물은 흰색이다. 선물의 크기와 내용물보다는 마음을 먼저 받는 사람이 멋지다. 의무감과 책임감이 아닌 상대를 먼저 떠올리며 준비하는 선물은 소중하다.

나도 모르는 누군가를 위해
유니아JUNIAS

물질을 떠나 상대를 먼저 생각하는 그 순간이 아름다운 것이다.

소통

공은 동글동글 매끈하고 부드럽다. 온화하고 온순한 공은 막힘이란 애초에 모르는 듯 순조롭게 잘 굴러간다. 외부로부터 받은 에너지와 중력을 고스란히 받아들이는 성격은 상황을 곡해하지 않는다. 모나지 않은 공이 부럽다. 종종 사람들과의 관계에서 대화의 방향이 엉뚱하게 흐를 때가 있다.

약속 장소에 늦을 것 같다는 상대방의 연락을 받았다. 일반 도로가 막히니 택시보다 지하철의 이용을 권유했고 이에 상대방은 나의 말을 지적으로 받아들였다.

좋은 상황으로 내딛기 위해 우리는 방향을 제시하고 방법을 선택한다. 그 과정에서 오해가 생길 수 있다. 대화의 상황과 장소, 분위기에 따라 말하는 사람과 받아들이는 사람의 간극이 벌어진다. 어조와 어투, 환경 또한 오해의 한몫을 한다. 잘못을 알려주는 도움이 훈계 혹은 질타가 될 때도 있고 선행이

무시를 받을 때도 있다.

어느 날이었다. 고등학교 삼학년의 무용 전공 입시를 맡은 나는 학생의 수업뿐만 아니라 신체 관리에도 많은 관심을 쏟고 있었다. 한 시간 삼십 분으로 정해진 실기 수업 시간이 때로는 길어져 두 시간이 되었고 체중이 늘어났을 때는 개인적으로 전화를 걸어 식단을 관리하기도 했다. 실기시험을 코앞에 둔 입시생이 살을 빼지 못한 경우 수업 시간을 늘리고 연습 강도 또한 높였다. 쉴 틈 없이 동작 연습을 반복해서 지도했고 수업 시간 외에 달리기, 줄넘기, 필라테스 등 신체훈련을 감독했다. 나는 할 수 있는 방법을 총동원했고 그 결과 실기 실력 향상과 체력 증진 그리고 몸무게 감량 등 원하는 결과를 얻을 수 있었다.

나의 열정에 대해 만족까지는 아니었지만 부끄럽지는 않았다. 하지만 학생은 아니었다. 살이 빠져서 힘들고 계속되는 연습에 지치고 진학을 준비하는 것이 버겁고 고된 노력의 결과가 좋지 않을까 봐 두렵고 겁이 난다고 했다. 선생님의 마음과 열정에 감사하고 당연히 이겨 내야 하는 것들이라고 생각하는데도 레슨 전날부터 피하고 싶은 마음이 든다고 했다.

마음이 아팠다. 나를 무서운 존재로 여긴다는 사실에 상처를 받았다. 소통이 잘되고 있다고 생각했는데 나만의 착각이고 오만이었다. 학생과 학생 어머니 그리고 나 이렇게 셋이 상담을 진행했다. 이러한 상황을 함께 공유했고 학생과 일대일 면담을 했다. 학생은 자기 자신을 잘 모르겠다며, 무용을 좋아하는지도 모르겠다고 덧붙였다. 먹고 싶은 것을 참고 어려운 동작을 연습하는 것이 힘들고, 입시를 견디고 이겨 낼 자신이 없다고 했다. 열정적이지 못한 자신의 모습을 바라보는 것이 지친다고 했다.

내가 가장 먼저 꺼낸 이야기는 대학보다 '너'라는 사람을 먼저 위하겠다는 약속이었다. 수업 시간도 한 시간 반을 넘기지 않고 몸무게도 믿고 맡기며 식단이나 연습을 체크하는 전화도 하지 않기로 약속했다.

상담 후 한결 가벼워 보이는 학생을 어루만지고 달래가며 실기 수업을 진행했다. 나는 학생을 이끌면서 내 눈앞에 보이는 지금의 순간이 힘겨웠다. 동작의 실수가 늘고 어렵게 뺀 체중은 다시 돌아왔고 방황하는 시간으로 몸의 근력도 줄었다. 속이 끓었다. 하지만 나는 혼내지 않았다. 내 욕심이 아닌 학생 자체를 받아들이기로 했다. 나는 정말이지 꾸욱 참고 학생을 칭찬했다. 마음도 무겁고 몸도 힘들었을 텐데 이렇게 용기 내서 피하지 않고 이겨 낸 것이 훌륭하다고. 무너진 마음이 살짝 회복되어 보였다.

이어서 나는 학생에게 기분이 어떠냐고 물었다. 학생은 포기하고 싶지 않고 이겨 내고 싶다고 말했다. 그런데 또 슬럼프가 찾아올까 봐 걱정된다고 했다.

나는 대답했다.

"미리 걱정하지 말고 너를 암흑으로 빨아들이는 유혹에서 벗어나 보자. 너는 분명 할 수 있고 오늘도 해냈다. 그러니 미리 겁먹지 말자. 선생님이 너라는 사람을 바라보고 도와줄게. 대학이 다가 아니란다."

학생은 울며, 약해진 마음을 다잡고 다시 도전해 보겠다고 했다. 하지만 선생은 학생의 인생을 결코 원하는 방향대로 움직일 수 없다. 다만 좋은 방향을 제시하고 포기하지 않도록 최선을 다해 이끌어 줄 뿐, 선택은 결국 학생 자신의 몫이다.

나는 실기 수업을 마치고 집으로 돌아와 밥을 먹고 스트레스를 받은 탓인지 초콜릿 한 통을 다 비웠다. 그리고 감사기도를 드리며 하루를 마무리한다.

우리는 말 너머의 의도를 알아차리고 서로를 이해하려고 노력해야 한다. 결국 우리에게 필요한 소통은 목표를 위한 것보다 사람과 사람 사이를 공감하는 것이 우선이기 때문이다.

이후 학생은 자신의 길을 찾아 새롭게 시작했고 무용으로 받았던 스트레스를 더 이상 받지 않도록 끊어 냈다. 고민 끝에 내린 학생의 결정과 그 용기에 응원을 보낸다.

앞으로의 삶에서 더욱 열정적이고 부디 자신이 원하는 삶을 살기를 희망한다.

일 그리고 숙제

상대방에게 "아니야, 괜찮아."라는 말을 들었을 때 나는 정말 괜찮은 줄 알았다. 하지만 "아니야, 괜찮아."의 뜻은 대체로 이런 것들이다 : (1) 힘들지만 내가 해야 돼. (2) 네가 하면 너도 힘들어지니까 차라리 내가 하는 것이 나아. 그렇지만 네가 더 힘을 발휘하고 시간을 쪼개서 더더욱 잘해 낸다면 나는 너무 좋을 것 같아. 하지만 너는 그렇게 하지 못하니 내가 직접 해결하는 편이 나을 것 같아. (3) 나는 일이 많으니 좀 쉬고 싶은 마음도 있어. 솔직한 마음 절반은 억지로 하고 있어 차라리 안 하고 싶기도 해. 하지만 그럴 수 있는 환경도 상황도 아니니까 내가 할 수밖에 없어. (4) 결국 넌 아무것도 안 했잖아. 도와주지 않았잖아. 참 이기적이다.

상대방의 일을 내 일처럼 생각했고 그래서 그 짐을 덜어 함께 나누고 싶은 마음이 컸다. 하지만 나는 어느새 도와줄 마음 없는, 무신경하고 배려심 없는 이기적인 사람이 되어 있었다.

나는 오랫동안 자책했다.

우리는 종종 관계에서 수수께끼를 풀어야 하는 경우가 생긴다. 답답하고 혼란스럽게도 대화에서는 반어법이 사용되고, 상대방이 하는 말의 내막과 핵심을 정확히 맞추기 위해 노력해야 한다.

나는 괜찮은 사람으로 인정받고 싶었다. 상대방의 말을 빠른 이해와 함께 정확하게 답하려고 스스로를 부추겼다. 눈칫밥을 많이 먹으면 늘 수밖에 없다는 사회생활… 의사소통을 잘하고 센스 있는 사람이고 싶었다. 마치 타고난 능력처럼. 나는 상대방의 요구를 받아들이고 그것을 모두 지키려고 노력했다.

내가 사는 우리나라는 고맥락 문화의 눈치, 다양한 공감 그리고 풍부한 경험을 통한 유추를 요구한다. 상대방이 전부 말하지 않아도 알아차려야 하는 사회적 나이가 된 것이다. 나는 많은 데이터를 인지하고 있어야 하는데 말을 있는 그대로 받아들여 어른 모시는 법을 익혀야 한다는 말까지 들었던 경험이 있다.

주변에 분위기와 흐름을 잘 이끄는 사람들을 떠올려 본다.

이들은 자신의 체면을 강박적으로 중요시하지 않는다. 그리고 새로운 사고와 시각으로 상황을 현명하게 해석하려고 부단히 노력한다. 전체의 흐름과 다수의 의견을 잘 이해하고 강압적인 화법을 사용하지 않는다는 점이 특징이다. 그렇다고 이들이 모든 것을 맞춰 준다는 것은 아니다. 상황을 이해하며 이끌어 가는 노력과 부드러운 기술로 훌륭한 리더십을 보인다.

말과 행동은 사람 자체를 고스란히 드러낸다. 처음 만난 자리에서 편안함을 느끼도록 배려하는 사람이 있고 불편한 긴장을 의도치 않게 만드는 사람도 있다. 상대를 먼저 위할 수 있는 마음은 타고난 성품도 있지만 후천적인 노력으로 학습된 경우도 많다. 경직된 환경에서도 말이 잘 통하는 사람이 있다. 많은 이야기를 나누지 않더라도 잠깐의 대화에서 우리는 서로가 서로에게 위로를 주고받는다.

살다 보면 누구나 실수를 하고 그 경험들을 토대로 우리는 깨달으며 무르익어 간다. 순리대로 아침의 태양과 저녁의 달을 보기도 하고 시간의 흐름을 타며 봄, 여름, 가을, 겨울 계절의 다양한 변화를 마주한다. 잠시의 여유로 짹짹 우는 새소리와 달콤한 사랑의 속삭임을 듣고 정성이 가득 차려진 식탁에서 맛있는 음식을 맛보기도 한다. 때로는 슬픔을 느끼며 가슴

아파하고 누군가와 함께 눈물을 흘리기도 한다.

경험을 통한 온몸의 신경은 감각을 익히면서 의도치 않게 반응이라는 틀을 형성한다. 이렇게 자리 잡은 반응 방식의 행동들은 무의식적으로 흘러나온다.

뜨거운 주전자에 손을 데었던 경험은 하나의 학습으로 저장되고 이후 우리에게 인지된 감각들은 빠른 반응을 통해 습득된다. 여러 가지 생성된 방식들은 머리의 판단과 몸의 반응이 합쳐져 하나의 경험으로 인식된다. 대부분 무언가를 선택할 때 최대한 몸과 마음이 안 아플 수 있는 방향 즉 덜 위험한 방법을 선택한다. 몸과 마음이 편한 곳으로만 향할 경우 현실의 판단과 상황 파악의 오류를 겪는다. 잘못된 사고를 통한 행동은 또 다른 실수를 반복해서 초래한다. 크고 작은 실수들은 꼬리표처럼 이름 뒤에 붙어 졸졸 따라다니기도 하고 과거의 문제를 만회하기 위해 현실을 더욱 고군분투한다.

사람이기 때문에 실수하고 완벽하지 못함을 우리는 인정해야 한다. 대다수 잘 알고 있지만 너그럽게 이해하고 기다리고 배려하고 용서하는 마음은 어렵다. 특히 사회생활은 선한 마음과 사랑의 눈길보다는 냉정과 비판에 익숙해져 있다. 평가와 판단 후 질타로 이어지는 경우도 많다. 짜증 난다. 화난다.

비난의 목소리를 쉽게 접할 수 있다. 부정적인 감정들을 토해내고 요점보다는 그 감정 자체에 휩쓸리기도 한다.

최선을 다했지만 원하는 결과를 얻지 못하는 경우가 있다. 온갖 노력을 쏟아부었지만 현실은 똑같고 앞으로 어떻게 나아가야 할지 모르는 상황에 직면한다. 그렇게 전부를 내던져 가며 몰입했던 시간은 값지지만 만족하지 못한 결과를 받아들인다는 것은 언제나 어렵다. 고갈된 마음을 채우기란 더더욱 쉽지 않다. 나 또한 이러한 힘겨운 시간을 적지 않게 거쳐왔다.

어른들 말씀에 인생의 단맛 쓴맛을 다 봐야 한다는 말이 생각난다. 반드시 무엇을 잘해 내야 하는 것은 아니다. 사람들이 생각하는 잘한다는 개념은 정말 잘하는 것일까. 우리는 타인이 아닌 자기 자신에게 먼저 질문하고 떳떳한 방법을 찾아야 한다.

모든 생각과 행동은 사람다울 수 있어야 한다. 사람답게 살 수 있도록 늘 새롭게 깨달아야 한다. 지난 경험들을 토대로 미리 짐작하거나 습득된 방식으로 오늘을 대해서는 안 된다. 오늘은 새로운 날이고 어제는 이미 지난 과거이기 때문이다. 우리는 평생을 숙제로 사람답게 산다는 것을 생각할 필요가 분명하게 있다. 그것이 어느 방향에서도 현실만의 목적과 목표만을 위한 삶이 아니길 희망한다.

둥그런 풍선과 곧은 빨대

여기 작고 투명한 풍선 하나가 있다. 이 풍선은 자신의 모습에 만족하지 못한다. 그래서 스스로 몸을 부풀려 보기도 하고 색깔을 바꿔 보려고 노력한다. 풍선은 자신의 성장한 모습을 그리며 하루하루 도전하며 시간을 보낸다. 하지만 백 일도 되기 전에 자포자기하고 만다. 시도는 했지만 결과는 계속해서 기대치에 어긋난다. 풍선은 이런 자신을 안타까워한다. 이때 곧은 빨대가 풍선을 바라보며 손을 내민다. 빨대는 풍선에게 도움이 되고자 희망을 품고 다가선다. 정성스레 공기를 불어 넣어 풍선의 부피를 키우고 원하는 방향으로 갈 수 있게 도와준다. 빨대의 노력에 풍선은 서서히 바뀌기 시작한다.

빨대는 조금씩 풍선의 원하는 모습을 찾아주고 더욱 멋진 모습을 상상하며 풍선의 크기를 키워갔다. 풍선은 전에 비해 훨

썬 풍성해지고 멋져졌다. 빨대와 풍선은 만족하며 하루하루 열정을 쏟았다. 그러던 어느 날 풍선의 몸과 마음이 지치기 시작했다. 더 노력해야 하는 현실을 피하고 싶었다. 고통과 인내가 따르는 지금을 벗어나고 싶었던 것이다. 풍선은 빨대에게 고마움을 느끼면서 동시에 엄격한 잣대에 대한 부담감과 무서운 감정을 느끼기 시작했다. 풍선은 모든 상황을 회피하기 시작했다. 어디서부터 어떻게 생각해야 할지 정말 하늘을 날아오르는 것이 본인의 꿈인지조차 의심하기 시작했다. 풍선은 계속해서 동굴로 빠져들었고 빨대는 마지막까지 희망을 놓지 않았다. 빨대는 힘들어하는 풍선을 위해 하늘 날기를 접어도 되니 동굴에서 나오라고 이야기했지만 풍선은 변함이 없었다. 빨대는 풍선의 하늘 날기 꿈을 함께 기대했지만 본인의 욕심을 내려놓아야 한다는 것을 깨닫고 거리두기를 시작했다. 조금만 더 노력하면 그 꿈을 이룰 수 있을 것이란 확신이 들었지만 각자의 인생은 스스로가 개척해야 한다는 것을 알고 있었다.

빨대는 풍선과 같은 심정으로 열정을 다했지만 각자의 속도와 방식이 달랐다. 처음 시작은 좋았으나 빨대는 풍선에게 벅찬 노력을 요구했다. 풍선에게는 포기하고 싶은 마음과 포기하면 안 될 것 같은 마음이 공존했다. 풍선은 꿈을 향해 자신을 변화시켰지만 기대만큼 발전하지는 못했다. 더 이상 노력할 용기가 없었다. 하루하루 버거웠고 주변의 시선은 불편했다. 마음은 불안하고 초조했다. 노력해도 안 된다고 생각했다. 솔직한 마음으로는 (그래서는 안 되는데) 그토록 원하던 하늘 날기를 전부 내려놓고 싶었다. 자신의 모습이 제자리걸음이라고 느껴졌고 빨대의 칭찬과 응원은 귀에 들리지 않았다. 마음을 전달하는 연락에도 풍선은 방황하며 지금보다 노력할 자신이 없었다.

그런 풍선을 기다리면서 빨대는 생각한다. 자신의 한계를 마주한다는 것은 너무나도 힘든 일이다. 하지만 마지막 한 발자국을 내딛는 힘은 엄청난 변화와 크디큰 깨달음을 선물해 준다. 비 온 뒤에 땅이 굳듯 흐르는 물은 썩지 않듯 피와 땀은 결코 배신하지 않는다. 즉각적인 결과물이 눈앞에 없더라도 그 노력의 시간과 도전의 에너지는 분명 론다 번의 책《시크릿》처럼 끌어당김의 법칙으로 작용해 인생을 잘 살고 있다는 것을 증명할 것이다. 설상 나타나지 않더라도 떳떳한 인생을 걷는 이의 발걸음은 희망차고 스스로에게 당당하며 그러한 이의 인생은 생기가 넘칠 것이다.

빨대는 자신이 풍선에게 많은 것을 요구한 것 같아서 죄책감과 안타까움 그리고 슬픈 감정에 휩쓸렸다. 하지만 빨대는 피하지 않았다. 풍선에게 위로와 격려를 전하고 성장할 수 있기를 바랐다. 빨대 역시 상처를 받았지만 이 또한 과정이라고 생각하며 본인의 개선점을 찾고 있었다. 생각해 보니 계속해서 처지는 기분과 슬픔으로 시간을 보내기 아까웠다.

　최근에 만난 둥그런 풍선은 자신의 모습이 어렸다고 고백했다. 나 역시 빨대가 풍선에게 놓친 부분이 있을까 싶어 많은 대화를 나눴다.

　결국 답은 시간이 알려 주고 그 답을 스스로 느껴야 함을 깨달았다.

함께라는 존재와 의미

4장

무대 뒤

2022년 3월 28일 월요일 날씨 맑음

박은호

김진

로사

신 세라피나

현지에게

2022년 3월 28일 월요일 날씨 맑음

   문을 열고 집 밖을 나서는 순간 따스한 햇살이 온몸을 휘감았다. 그렇게 다시 반가운 봄이 왔다.

   세탁기를 돌릴 때 분리수거를 모을 때 빨간 망에서 줄줄이 달아 놓은 귀여운 양파를 하나 데려올 때 한 시간 반 동안 건조기를 돌린 후 뽀송뽀송 잘 마른 옷을 베란다로 향해 꺼내러 갈 때 그 잠깐의 추위를 피하려고 옷을 찾아 입지 않았다. 일하기 위해 또 다른 일을 해야 하는 것처럼 느껴져서 그렇게 오들오들 떨면서 잠깐의 추위를 이겨 내려 했다. 겨울 내내.

   그 잠시의 에너지 소비를 덜어 주는 계절 고마운 봄이 왔다. 어려서부터 봄을 유난히 좋아한다. 가슴 설레는 시작을 온몸으로 느낄 수 있어서 기대된다. 새 학년과 친구들 향긋한 꽃 가벼운 발걸음 이 모든 것이 희망이다. 서른일곱의 나이가 되어서도 마찬가지로 똑같은 감정을 느낀다. 그렇게 문밖을 향한 오늘의 목적지는 화실이다.

그림에 기억자도 모르는 내가 작품 감상은 해봤어도 그림을 배우는 경험은 초등학교 저학년 이후로 대략 이십오 년 만이다. 생각해 보니 이론 시간에 혼자 딴짓으로 긁적였던 기억은 있지만 누군가의 앞에서 그림을 그리며 보여 준다는 것은 엄청난 부끄러움이다.

한 자리 숫자의 나이일 때 사실 미술 학원에 다닌 적이 있다. 그때 선생님께서 그리라는 정확한 주제가 있었는데 혼자 다른 행동을 했다. 스케치북 왼쪽 대각선 모서리 끝에서부터 좌우로 그어가며 하얀 종이를 가득 채우고 싶었다. 왔다 갔다 사선을 그어가며 끊기지 않게 연필을 좌우로 움직였다. 진하지 않게 연필이 물감처럼 흐릿흐릿하게 처음부터 끝까지 연결되길 바라는 이상한 마음이었다. 지금 생각해 보면 화가들의 손놀림이 멋있어 보여서 따라 했던 것 같기도 하고 그릴 줄 아는 것이 하나도 없어서 할 수 있는 무언가를 해보려고 시도 같기도 하다. 그때의 나는 정확하게 무슨 생각을 했는지 모르지만 선생님께 야단맞은 기억은 뚜렷하다. 미술 학습에 대한 집중도 낮았고 또래 아이들과는 다른 행동으로 선생님은 당황했을 것이다. 선생님은 내 스케치북을 보시며 얼른 지우라고 하셨다.

그렇게 검은색으로 바꾼 종이를 다시 흰색으로 만들면서 감정이 하나 올라왔다.

재미없다.

지우개로 지워 가며 다시 하얀 부분을 보니 또 다른 걸 그려야 하는데 도무지 하기가 싫었다.

어린 마음으로 되돌아가 보니 꾸중만 듣고 잘하지 못하고 재미도 없고 왜 그려야 하는지도 모르고 모든 면에서 납득이 안 됐던 모양이다. 한문, 서예, 피아노, 웅변, 보습 학원 등을 이년 이상씩 꾸준히 다녔는데 미술 학원은 열흘도 못 갔다. 일주일 갔었나 보다.

지난 경험을 갖고 지금 새롭게 그림을 다시 배우기란 쉽지 않았다. 그럼에도 화실을 찾은 이유는 그림을 잘 그리고 싶어서이다. 더 구체적으로 말하자면 글과 어울리는 그림을 직접 그려 넣고 싶은 목표가 있기 때문이다.

화실에 도착해서 선생님과 인사를 나눈 후 상담을 진행했다. "어떤 그림을 그리고 싶으세요?" 선생님의 질문에 나는 대답했다. "따뜻한 느낌을 받을 수 있는 그림을 그리고 싶어요!" 대화를 마치고 나는 바로 연필을 잡았다. 그림에 대한 설명이 있기 전에 현 위치의 체크 즉 테스트를 받았다. 이런 단어는 그 누구도 사용하지 않았는데 나 혼자 긴장했다. 왜냐하면 테스트를 받을 실력조차가 안 되는데 그림을 그려 보라고 하니 눈앞이 캄캄했다.

그림 그리고 싶은 것을 먼저 찾아보고 선생님께 보여 드렸다. 선생님은 프린트해 주셨고 편하게 그려 보라고 응원해 주셨다. 그렇게 4B와 2B 연필의 차이도 모르는 나는 일단 해보자는 각오로 스케치를 시작한다. 두툼한 지우개만 애써 홀쭉이가 되었다. 정성을 다 해봤지만 티는 나지 않았고 프린트된 모습과 조금 많이… 아주 달랐다.

선생님께서는 이 그림을 정하게 된 이유를 물어보셨다. 이유는 간단했다. "제가 좋아해서요!" 그동안 할 수 없을 것이라고 생각했던 그림을 그려 보니 막상 혼자만의 생각에 갇혔던 것을 깨달았다. 잘하고 못하고가 중요하지 않다는 걸 알면서도 본인을 대하는 잣대가 엄격했다.

나만의 생각과 판단이 지금의 나를 만들었고 그래서 앞으로의 방향이 더욱 중요하게 느껴졌다. 이렇게 나는 나를 찾아가는 시간을 마주하면서 과거와 직면하는 순간이 잦아졌다.

생각과 마음이 차츰 정리되고 앞으로의 길을 어떻게 가야 하는지 다짐하기도 한다.

그 방향이 나를 내세우고 드러내는 길이 아닌 함께 걷는 동행의 길이 되길 바라는 마음이다.

그 안의 따뜻함은 모두의 것

박은호

박은호는 대학교 때 친구로 나와 같은 무용과를 졸업했다. 박은호는 조용하고 매사에 정확한 성격인데 이 점이 나와 닮았다. 다섯 명으로 이뤄진 동문 모임에서 편하게 나를 놀리는 사람은 박은호다. 모임의 친구들은 우리가 부부 같다고 한다. 서로 잔소리하면서 챙겨 주고 시원하게 속 이야기를 뱉을 수 있는 관계가 편안하다. 한번은 둘이 이태원에서 술을 마신 적이 있었는데 세상에나 나는 박은호가 잘 마시는 줄은 알았어도 그렇게 넘쳐나게 잘 노는 줄은 몰랐다. 역시 무용과 출신이다. 주변의 눈치에 굴하지 않고 리듬을 타는 그녀의 모습은 낯설었지만 멋졌다.

박은호는 대학교 때부터 무용을 전공하면서 혼자 공인중개사 시험공부를 하는 등 전공 외의 많은 분야에 관심을 보였다. 현재는 우리 모임의 총무를 맡고 있다. 믿음이 가고 훌륭하게 일을 잘한다. 겉으로 보이는 것보다 훨씬 꼼꼼하다.

박은호의 집에 놀러 가면 놀이동산에 온 것 같은 기분이다. 어렸을 때 자주 했던 부루마블을 하고 갑자기 장기자랑을 하다가 진실게임을 하기도 한다. 한번은 직거래 채소마켓에서 노래방 기계를 구입했다는 소식을 들었다. 우리는 박은호의 집에 우르르 몰려가서 신나게 음주가무를 즐겼다. 요즘 박은호는 위스키에 빠져서 소주는 거의 연중행사 정도로 마신다.

어느 날 또 박은호네 집에 놀러 갔는데 동그란 기계로 거위 알을 부화시키고 있었다. 박은호가 독특한 취향이 있다는 것은 알고 있었지만 하다 하다 이렇게까지 특이하게 발전될 줄은 꿈에도 몰랐다. 신기했다. 얼마 후 박은호의 집에 다시 들렀을 때 새끼 거위가 뒤뚱뒤뚱 조마조마하게 걸어 다니고 있었다. 나는 너무 신기해서 품에 안아 봤는데 발바닥이 따뜻하고 부드러웠다. 병아리처럼 노란 털이 뽀송뽀송하고 작고 귀여운 생명체가 참 귀하고 사랑스러웠다. 또 어떤 날은 오랜만에 들렀는데 작은 침실로 꾸민 상자 하나가 놓여 있었다. 그곳에 새끼 길냥이가 쌔근쌔근 잠을 자고 있었다. 검정 색깔 털을 갖고 있어서 이름을 그늘이라고 지었다고 했다.

박은호는 산책이 취미인데 혼자 나가는 모습을 본 적이 없다. 다옴이, 열매, 단풍이 세 마리의 강아지와 늘 함께한다. 셋다 말티즈인데 예쁘게 생긴 외모로 사람들에게 많은 사랑을 받는다. 한번은 막내 열매가 뇌수막염을 앓았는데 하필이면 그런 막내가 이번에는 누군가의 품에 안겨 있다가 떨어지는 바람에 골절까지 겪게 되었다. 박은호는 하루 종일 일도 못 하고 잘 먹지도 못했다. 언제나 단단하고 강한 모습이었는데 처음 박은호의 한없이 여린 모습을 보았다. 박은호의 슬픈 얼굴이 아직도 눈앞에 아른거린다.

박은호는 현재 부동산 관련 일을 하고 있다. 가끔 진지하게 일하는 모습을 보면 낯설면서도 멋지다. 한번은 직접 요리를 해 준 적이 있었는데 생각보다 맛있어서 놀랐다. 못하는 것이 하나도 없어 보였다. 그런 박은호에게서 눈물을 본 적이 있다. 내가 청첩장을 전했을 때였다. 축하하는 마음, 기쁜 마음, 대견한 마음 그리고 배신감이 느껴진다며 울다가 웃었다.

누군가를 진지하게 옆자리에 두지 않고 생각만 많다며 나의 연애를 함께 고민해 주던 박은호는 연애와 결혼을 컨설팅해 주기도 했다. 결혼도 안 한 처녀에게 나는 이상하게도 신뢰가 갔다. 그런 그녀가 느닷없이 친한 친구의 결혼 소식을 듣게 되니 놀랐던 모양이다. 나는 울다 웃는 은호의 마음이 고맙고 따뜻하고 소중했다.

차곡차곡 쌓이는 우리의 추억을 간직하며 박은호와 함께 늙어 가고 싶다고 생각했다.

김진

　진이와 나는 세 시간 동안 여백 없이 대화를 이어 간다. 진이는 여러 장르에 박식하고 능력이 뛰어난 친구이다. 진이의 장점 중 가장 큰 하나는 물 흐르듯 자연스럽게 사람을 흡수한다는 점이다. 배우의 직업으로 다양한 삶을 살고 있는 진이는 간혹 무용가로 활동하기도 한다. 그녀는 영어와 불어에 유능하며 번역과 통역을 하기도 한다. 아름다운 외모와 성숙한 성품으로 지성미를 모두 갖추었다. 부부동반을 하고 싶은 우선순위의 친구로 나에게는 무척이나 자랑스러운 존재이다. 진이의 피앙세가 나타나길 기도하고 있다.

　진이는 자기 자신을 자주 되돌아본다. 똑똑한 진이는 실수가 잦지 않다. 상대방을 배려하는 진이는 늘 매너가 몸에 배어 있다. 이런 진이와의 만남은 즐겁고 편안하고 항상 기대가 된다. 진이는 내가 아는 사람들 중에서 술이 가장 약하다. 나도 약하지만 진이는 정말 약하다. 칵테일 한 잔이면 만취가 되니 가성비가 엄청나다. 진이는 술자리에서도 늦게까지 남는 법이 없다. 그 이유는 진이의 반려견이 집에서 볼일을 못 보기 때문에 반드시 산책을 함께 나서야 한다. 진이의 반려견은 검정색 털과 회색 털이 섞여 있고 중간중간 흰털이 보이기도 한다. 짖는 소리는 묵직하고 깊다.

유기견으로 만나게 된 둘은 세월의 흔적만큼이나 서로를 많이 닮았다.

반려견은 절대 천방지축이거나 막무가내로 행동하지 않는다. 함께 많은 시간을 보낸 흔적이 묻어난다. 서로가 서로를 위로해 주고 지켜 주고 보살펴 준다. 보기만 해도 따뜻하다. 반려견은 예전보다 온순해지고 애교도 많아졌다. 진이의 사랑을 듬뿍 받아서인지 유해진 분위기로 더욱 사랑스럽다.

진이는 자신의 일을 사랑한다. 감사함과 책임감으로 똘똘 뭉쳐 나무랄 데가 없다. 나는 영화, 드라마, TV 광고에서 진이를 자주 만나는데 그때마다 성장한 진이의 연기 실력에 감탄을 멈출 수가 없다. 묵묵하고 성실하게 자신의 일을 해내고 있는 진이가 아름답다.

무엇이든 꾸준하기란 어려운데 진이는 아무래도 연기를 사랑하는 것 같다. 빈번히 바뀌는 촬영 일정과 열악한 환경에서도 불평불만이 없다. 불행이라고 해석하지 않고 기회라고 받아들이는 진이의 사고가 나에게는 시적인 감동과 긍정적인 영감을 준다.

야무지고 똑똑한 진이는 삶의 방향을 정확하게 알고 있다. 어떤 삶이 의미 있고 행복한 길인지 느끼고 몸소 실천하고 있다.

하지만 진이는 이성과의 연애에 있어서 초보이다. 가끔은 진이가 성인이 맞나 싶을 때도 있고 여중생처럼 이성을 생각하고 행동하는 모습을 볼 때면 귀엽고 사랑스럽다.

나는 이런 그녀의 세상을 지켜 주고 싶다.

훼손시킬 것 같은 남자들은 대면의 기회조차도 막고 싶은 심정이다. 내 손으로 깔끔하게 처리하고 싶다.

사랑하는 진이의 나날이 꽃길이길 기도한다.

사랑이 많은 네가 그 사랑을 받고 순환할 수 있는 따뜻한 남자를 만나길….

분명 너는 소중한 존재이고 특별하기 때문에 너와 같은 사람을 만나길 기도한다.

로사

어색한 침묵과 흔들리는 눈동자들 사이로 나는 나갈 틈을 엿보고 있다. 답답하고 불편하다. 눈치가 보이고 몸이 경직되며 근육은 움츠러든다.

지금 나에게는 따뜻한 온기, 유쾌하고 즐거운 시간이 필요하다. 밖은 어떨까. 바깥에는 흥미롭고 신나는 일들이 있을까? 누구에게도 나를 들키고 싶지 않다. 숨 쉬는 것조차 알리고 싶지 않다. 아무도 나를 방해하거나 간섭하지 않는 곳에서 나는 단지 느끼고만 싶다. 그때 한 아이가 나에게 다가왔다.

"안녕? 나랑 친구하자!"

양쪽 볼에 살짝 파인 보조개가 매력적인 큰 눈의 숙녀는 천진난만한 소녀 같다. 마시멜로같이 부드럽고 달콤해 보이는 이 소녀는 나와 동갑내기다. 우리는 친구가 된다.

나는 이 소녀를 나비라고 부른다.

나비는 발랄하고 순수하다. 나비는 상대의 마음에 공감하는 능력이 뛰어나다. 나비는 마음이 여리고 감수성이 풍부하고 주변의 분위기를 빠르게 눈치챈다.

나는 각종 교내 행사와 잡일을 이리저리 피해 다니느라 바빴고 나비는 그런 나에게 이유 없이 끌렸다고 했다. 나는 나비의 관심이 좋았고 먼저 내밀어 준 손길이 따뜻했다. 우리 사이에는 말하지 않아도 느껴지는 무언가가 있었는데 그것이 무엇인지 정확히 찾으려 하기보다는 특별한 마음이 생긴 이 자체에 머물고 싶었다.

어느 날 나비가 술을 한잔 하자고 했다. 우리 학교 앞은 파전 골목이 유명하다. 하지만 우리는 정반대 골목 끝자락에 있는 마당이라는 이름의 음식점으로 들어갔다. 메뉴가 다양하고 양이 많아서 대학생들이 좋아하는 곳이다. 지하 일 층에 있는 술집은 넓었고 새벽 네 시가 넘는 늦은 시간까지 학생들로 붐볐다. 지금 같이 마스크를 써야만 하는 시대에는 꿈같은 시절의 옛날이야기다.

나비와 나는 해물떡볶이와 소주를 시켰다. 그때까지만 해도 나는 나비에게 존댓말을 하고 있었다. (어쨌든 선배였으니까.)

나비가 외쳤다.
"이거 마시면 이제부터 반말하는 거야!"
(가끔 영화 대사를 옮기는 나비.)
우리는 급속도로 친해졌고 어느덧 서로의 일상에 무척 자연스럽게 파고드는 절친이 되었다.
대학교를 다니면서 크고 작은 상처들이 있었다. 이유 모를 시기, 질투와 위계질서 속에서 우리는 느닷없이 혼나고 기합을 받았다.
나비는 이런 문화를 대물림하지 말자며 유독 후배들에게 상냥하게 대했다. 나비는 후배에게 먼저 인사할 줄 아는 친구이자 선배였다.
나비와 나는 커피숍을 좋아했고 뚝배기 치즈 라볶이는 더욱 좋아했다. 그렇게 먹고도 또 먹는 우리가 신기했다.
어느 날은 둘이 놀다 삘이 꽂혀 갑자기 머리를 단발로 잘랐다.
맨정신이었다.
처음 방문한 미용실의 원장님은 "둘이 붙어 다니면 안 되겠네." 하며 우리의 머리를 똑같이 잘라 놓았다. 우리는 하하 호

호 낄낄 웃으며 나왔다.

한번은 나비가 아픈 적이 있었다.

나비의 친언니는 병실을 찾으러 가는 길에 우연히 흰 나비를 봤다고 했다.

신기했다.

나는 퇴원한 나비에게 죽을 끓여 주었다.

나비는 내가 너무 당당하게 요리를 해서 죽을 많이 끓여 본 줄 알았다고 했다. 그날이 처음이었는데….

맛있게 먹어 주는 나비가 고마웠다.

나비는 졸업반이 되었고 나는 그녀의 졸업 작품에 분신으로 출연했다.

"내가 지금 하고 싶은 작품이 있는데, 너랑 잘 어울리는 것 같아. 나랑 함께해 줄래?"

나비의 졸작에는 나름의 오디션이 있었는데 그때의 합격 소식은 지금 생각해도 짜릿하다. 작품은 내면의 또 다른 나를 표현하는 아이디어로 나비와 나는 동일한 인물이다. 같지만 다른 성격과 이미지를 춤으로 표현했고 각자의 역할을 충분히 보여 주기 위해 많은 연습 시간을 함께 보냈다. 연습 시간 외에도 우리는 자주 밥을 먹고 커피를 마시며 서로를 깊게 알아가는 자연스러운 시간을 보냈다.

그렇게 하루하루를 지내며 충실히 연습에 몰입하던 어느 날 내가 발가락을 다치는 사고를 겪게 되었다.

다른 선배의 외부 작품에 공연을 준비하다가 부상을 당한 것이다. 나는 걷는 것조차 아팠고 병원에서는 휴식을 권유했다.

나비에게 이 상황을 알렸고 걱정스런 마음에 나를 대체할 수 있는 무용수를 섭외하라고 말했다. 나비는 고민 끝에 내가 다 나으면 연습하겠다고 쉬라고 말해 주었다. 언제 괜찮아질지 모르는 나에겐 미안함과 조금의 부담감 그리고 고마움이 크게 느껴졌다.

본인의 성공적인 졸업 작품 공연을 위해서는 완성도 있게 연습을 해야 하는데 조급함 없이 나를 기다려 준다는 말이 감동적이었다.

그렇게 나는 함께 춤을 춘다는 것에 대한 본질적인 뜻을 배우고 직접 경험했다.

상대방을 배려하고 믿고 기다린다는 것은 따뜻함이고 이것은 마음에서 나오는데 그 마음 자체는 사랑이라는 것을 느끼고 배웠다.

나비는 있는 그대로의 나를 바라보고 사랑해 준다. 우리는 더욱 가까워졌다.

요즘은 함께할 수 있는 시간이 예전보다 많이 줄었지만 여전히 이 친구가 어색하지 않고 좋다.

척하면 척, 알 수 있는 관계가 있다는 것에 감사하다.

고민이나 걱정이 있을 때 나는 나비에게 전화한다.

나비 또한 그렇다. 우리는 느닷없이 목소리가 듣고 싶을 때도 전화통화를 하지만 요즘은 많이 줄었다. 서로가 바쁠 것이란 생각에 배려하는 마음으로 기다리는 경우가 늘었다.

우리는 더 많은 시간을 기도 안에서 함께 하고 있다. 대모인 로사와 나를 가족으로 묶어 주신 뜻에 감사하다.

우리의 소중한 추억이 생생하게 떠올랐다.

가평에 갔던 여름 여행과 제주도의 바람을 뚫고 기도의 시간을 가졌던 겨울 여행. 설레고 편했던 둘만의 귀한 시간이었다.

앞으로의 시간도 함께 살아갈 우리가 더욱 기대된다.

신 세라피나

이십 대 초반이었다. 대학을 다니던 그때 나와 비슷한 결을 가진 친구를 만났다. 우리는 작고 아담한 체형과 뚝심 있는 성격이 서로 닮았다. 친구는 부상으로 휴학 중이었고 쉬는 기간이었지만 무용실에서 연습하는 모습을 자주 볼 수 있었다. 친구는 무용에 대한 열정이 늘 넘쳤다. 자연스럽게 마주하다 보니 친구와 나는 어느덧 가까운 사이로 지내고 있었다.

우리의 대화는 의미와 본질을 찾는 여행으로 늘 즐거웠다.

무용 작품을 창작하면서 몸으로 다양한 움직임을 시도하고 서로의 생각을 공유했다. 집중이 깊어질 때 우리는 색다른 경험도 했다. 표현하려는 의미의 동작을 넘어 하나로 연결된 느낌을 받았다. 때로는 즉흥적으로 어떠한 주제도 없이 자유롭게 춤을 추고 신나는 음악에 맞춰 리듬을 타기도 했다. 무용실에서 연습 할 때 우리는 시간이 얼마나 흘렀는지도 모르게 열중

했고 연습을 마치고 나면 옷은 땀으로 흠뻑 젖어 있었다. 늦은 밤 학교 무용실의 불을 끄고 막차를 향해 달려나가기도 했다.

친구는 체력이 좋고 집중력 또한 높아서 무용 동작에 대한 습득이 매우 빨랐다. 게다가 쉴 틈 없이 연습하고 당당하게 질문하는 모습이 멋졌다. 무엇보다 넘치는 끼와 재능으로 공연 작품은 늘 알록달록 빛이 났다. 친구와 나는 화려한 이십 대에 같은 무대에서 공연을 펼치며 우리의 생각과 열정을 함께 그려 넣었다.

열정적이고 광적인 대학 생활에 이어 졸업 후에도 우리는 종종 작업을 함께했다. 공연 연습이 끝나면 늘 하루가 어땠는지 소소한 대화도 이어 갔다. 내가 말도 안 되는 질문과 답이 없는 것에 대한 생각을 이야기해도 친구는 늘 진지하게 들어주었다. 한 귀로 흘려들은 적이 단 한 번도 없었다. 게다가 본인의 생각까지 잘 정리해서 대답해 주었다. 친구의 고민을 내가 들을 때면 나 또한 몰입해서 다양한 방향의 대답을 꺼냈다. 그때부터 우리는 우연히 사고의 범위를 서로 넓혀 주고 있었다.

우리는 어느덧 삼십 대를 맞이하게 되었다. 여전히 서로를 이해하고 자유롭게 선을 잘 지키는 믿음직한 관계이다. 우리는 서로의 필요를 먼저 살피기도 하고 끝없는 응원을 지속하고 있다.

　친구는 현재 자이로토닉의 실력 있는 지도자로 활동 중이다. 가끔 나의 몸 상태도 체크 해 주는 듬직한 선생님이다. 이십 대에서 삼십 대로 성장하면서 친구와 나의 달라진 점이 있다면 신앙이다.

　친구는 이천이십이 년 구월 십팔 일 명동성당에서 세례를 받았다. 친구의 세례명은 세라피나이다.

　천주교 성경 이사야서 6장 2절 말씀에 '사랍'이라는 단어가 나오는데 히브리어를 해석하여 세라핌으로 불리고 있다. 남자는 세라피노 여자는 세라피나라고 한다. 하느님을 찬미하고 끊임없이 찬송하는 담당을 하고 있다. 사랑과 빛을 전하는 그 의미가 친구와 너무나도 잘 어울리는 세례명이다.

　불교 집안인 친구는 하느님의 초대로 성당에 갈 수 있었다. 세라피나가 처음으로 성당을 방문하여 미사를 참례한 날은 작년 크리스마스 때이다. 성령님께서 함께해 주신 덕에 우리는 성당에 갈 수 있었다. 그때부터 세라피나는 믿음이 깊은 신자로 신앙생활을 행복하게 누리고 있다. 덕분에 나도 첫 대모를

서는 영광의 은총을 얻었다. 이렇게도 연결시켜 주시고 예비하고 있으심을 체험했다.

모든 것에는 우리가 모르는 계획이 있다. 지금도 그때를 떠올리면 신기하고 가슴이 벅차오른다.

친구에서 그 이상의 영적 관계를 맺은 세라피나와 유니아의 믿음이 함께여서 더욱 행복하고 감사하다.

현지에게

현지야 안녕?

우리가 공연을 위해 만났던 이천십팔 년 가을이 엊그제 같은데 벌써 오 년이란 시간이 지났네.

공연을 준비하면서 풋풋한 대학생으로 되돌아갔던 느낌이 지금도 생생해.

그때 우리는 처음 만났지만 마치 어렸을 적 시절을 같이 보낸 사이처럼 서로에게 익숙했어.

재치 있는 말솜씨와 열정적인 에너지로 너는 마치 여왕벌 같았어.

동갑내기로 빨리 친해질 수 있었고 비슷한 성격으로 허물없는 사이가 되었지.

마당발인 너는 밖에서도 나를 잊지 않고 찾았어. 난 그게 고맙고 너무 즐거웠어.

그 후에도 우리의 인연은 계속됐지. 참 신기해.

예고에서 함께 학생들을 지도하며 동료로서의 관계로도 지낼 수 있었지.

너라는 존재가 있어서
얼마나 큰 힘이 되었는지 몰라.

쉬는 시간에 그 짧은 대화로
하루를 버틸 때도 있었어.

너는 누군가가 힘들고 곤란한 상황에 처하게 될 때면 진심으로 걱정했지.

그리고 도움이 되려 부단히 노력했어.
참 감동적이야.

선생님들께 경우를 잘 지키고 학생들에게 책임을 다하는 모습을 보고 많이 배웠어.

지금은 함께할 수 없지만 나의 선택을 응원하고 끝까지 붙잡아 줘서 고마워.

짧은 시간이지만 많은 일이 주마등처럼 스치네.

내가 차린 밥상이 따뜻하고 맛있다며 두 그릇씩 먹고 가는 너를 볼 때면 진심으로 행복해.

고마워.

나도 내 자리에서 분발하고 있을게.

다음에는 세 그릇 먹고 가.

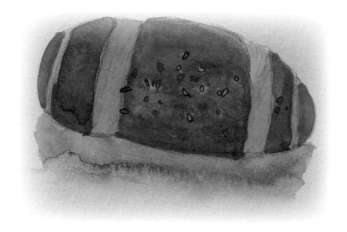

생명

퇴장

사랑은 받은 만큼 주는 것이 아닙니다.
받으려는 마음보다 주려고 노력하는 우리가 되길 희망합니다.

사랑은 모든 것을 덮어주고

모든 것을 믿으며 모든 것을 바라고

모든 것을 견디어 냅니다.

(1코린 13:7)